身代わりの婚約者は恋に啼く。

Shiho & Fuuma

なかゆんきなこ

Kinako Nakayun

EB

エタニティ文庫

目次

身代わりの婚約者は恋に啼（な）く。

一　身代わりの逢瀬

「やっと終わった～」

「ねえねえ、これから飲みに行かない？」

オフィスの壁にかけられた時計の針が午後六時を指すと、みな作業を止め、帰り支度を始める。

中には楽しげに、このあとの予定を話す人達もいた。

そんなやりとりを横目に、私も仕事で使っているノートパソコンをシャットダウンして、机上の電卓を引き出しの中にしまった。

私、桜井志穂は、事務機器やＯＡ機器を扱う商社で経理事務をしている。

所属している経理課は定時退社が推奨されていて、月初や決算前以外は基本、みんな定時で上がれた。

今日は花の金曜日。二連休を前にした仕事終わりということもあって、帰り支度をする同僚達の表情は解放感に溢れ、とても晴れやかだった。

（でも、私は……）

電源が落ち、真っ黒に染まった液晶画面に、冴えないＯＬの顔がぼんやりと映る。肩下まで伸びた髪は、仕事中はいつも首の後ろで一本に結わえていた。化粧も最低限で、華やかさは微塵もない。

「………」

疲れの色が見える表情がいつも以上に陰気くさい。私は自分から目を背けるようにパタンとノートパソコンを畳んだ。

（早く、行かなくちゃ……）

「桜井さん」

席を立ったところで、同僚に声をかけられた。

彼女は私の同期で、同じ経理事務員の鈴木さんだ。栗色に染めたふわふわの髪が、彼女の愛らしい顔立ちによく似合っている。

「これから何人かで、女子会としてごはんを食べに行こうって話してるんだけど、桜井さんもどう？」

鈴木さんは社交的な性格で、しばしば会社の人と飲みに行ったり食事に行ったりしているらしい。そして私のような付き合いの悪い人間にも、明るく誘いの言葉をかけてくれる。

（女子会かあ、楽しそう）

正直、行ってみたいと思った。けれど――

「ごめんなさい。今日は、先約があって……」

私はぺこりと頭を下げ、鈴木さんのお誘いを断った。

「そっかそっかー。先約って、もしかしてデート？」

「……みたいな、ものです」

鈴木さんの言葉に、私は曖昧に笑う。

「ごめんなさい」

「いやいやいや、気にしないで！　こっちこそ、急に誘ってごめんね」

「いえ、声をかけてもらえて嬉しかったです。また誘ってください」

私はもう一度頭を下げ、バッグを手にオフィスを出た。

すると背中越しに、鈴木さんや他の女性社員達の声が聞こえてくる。

「ほらー、やっぱ桜井さんだめだったじゃん」

「んー、今日こそはって思ったんだけど」

「金曜日は毎週そそくさと帰っちゃうんだよね。彼氏とデートかあ、いいなあ」

「でも、デートにしてはテンション低くない？」

「桜井さん、いっつもテンション低いじゃーん」

あはははと、女性社員達の笑い声が耳を打つ。

確かに今の自分の顔は、恋人と会う女にしては暗すぎるし、テンションも低すぎるのだろう。

（だって、仕方ない……）

これから会う彼は、『私の恋人』ではないのだから――

更衣室で制服から通勤着に着替えた私は、足早に会社の最寄り駅へと向かう。

そして改札内にあるコインロッカーから、小ぶりなキャリーケースを取り出した。

その、なんの変哲もない黒いキャリーケースをガラガラと転がして電車に乗り、二駅先で降りる。

真っすぐ進む先はトイレ。この駅は数年前に改装されたばかりで、トイレも新しくて綺麗かつ、個室が広めなのでとても助かっている。

幸いにしてトイレは混んでいなかった。私は個室に入り、キャリーケースを開ける。

この中には服、靴、アクセサリー、メイク道具が一式入っている。私は地味な通勤着を脱ぎ、キャリーケースに入っていた服に着替えた。

今日持ってきたのは、なめらかな光沢が美しいホワイトシルクの半袖ブラウスと、鮮やかな深紅のウールツイードスカート。膝丈のプリーツスカートで、重厚感のあるシルエットが非常に上品に見える。アクセントとして、腰にはゴールドのチェーンベルトを巻いた。

そして上に羽織るのは、スカートとお揃いのジャケット。シャツは長袖にしようかとも思ったけれど、このジャケットを着るから、結局半袖にした。まだ十月の半ばだし、これくらいがちょうどいいだろう。

ストッキングも穿き替えて、通勤用のぺったんこ靴を七センチヒールの黒いパンプスに替える。

次に取り出したのはヘアアイロン。これはコードレスタイプで、充電しておけばコンセントに繋がなくても使えるから重宝している。

私はひっつめ髪を解き、毛先をふんわりと巻いた。続いてティアドロップ形で内側に小粒のダイヤモンドが輝く、ゴールドのイヤリングを着ける。

そこまで終わったら、通勤用のバッグの中身とメイクポーチをこの服に合わせたブランドバッグに入れ、残りの荷物をキャリーケースにしまって、個室を出た。

そして仕上げは、女子トイレ内にあるパウダールームで。

一度メイクを落とし、ファンデーションを塗り直すところまでは、会社のトイレでやっておいた。

あとはいつかデパートの美容部員さんに教わったように、チークをほんのり塗り、アイラインを引き、ブラウン系のアイシャドウをまぶたに重ねていく。

眉ペンシルで眉毛も整えて、睫毛にマスカラを塗り、品の良いピンクのルージュを引いたら完成だ。

人が多く出入りする駅のトイレに長時間居座るのが申し訳なく、メイクはなるべく早く終わらせるようにしている。

それでも、いつもの何倍もの手間をかけて施した化粧は、私の顔の印象をがらりと変えた。

(……ああ、本当に、見てくれだけはそっくり)

鏡に映る自分に、にっこりと笑いかける。

この笑い方も、このメイクも、この服装も。全て私の亡くなった姉を模したものだ。

(行かなくちゃ。美穂の、代わりに……)

自分の姿に不備がないか鏡でチェックして、トイレをあとにする。

駅の出入り口付近にあるロッカーにキャリーケースを預け、そこからはタクシーを使い、彼の待つホテルに向かった。

道すがら、タクシーの運転手さんに「デートですか?」と尋ねられる。

それに、会社で鈴木さんに聞かれた時と同じく「ええ、そんなようなものです」と答えた。

私はこれから、死んだ双子の姉の代わりに、姉の婚約者だった男性と会う。

姉の美穂と私は一卵性の双子で、同じ顔かたちをしていた。

けれど同じなのは造形だけ。中身は正反対。

地味で内気な私と違って、美穂は明るく社交的で、いつも人に囲まれていた。

見た目も華やかで、自分を磨く努力を怠らず、どんな時も綺麗に装っていた美穂と、私を見間違える人はいなかった。

だけど今、私はこうして美穂そっくりに自分を作り変えている。

たぶん、会社の人が今の私を見ても、すぐにはあの地味で冴えないＯＬの桜井志穂だと気づかないんじゃないかな。

そんなことを思っている間に、タクシーは目的地である都内でも有数の高級ホテルに着いた。

彼はよく、私との逢瀬にこの場所を選ぶ。お互いの勤め先から近く、通いやすいからだろう。

高級ホテルらしい毛足の長い絨毯の上を歩き、一階にあるカフェラウンジに向かう。

そこが彼との待ち合わせ場所だ。

約束の時間は七時で、今は六時四十分を少し過ぎたあたり。少し早いけれど、彼はもう来ているかもしれない。

「志穂」

彼の姿を探して席を見回すと、聞き慣れた声が私の名を呼んだ。

「楓馬さん……」

声がした方に視線を向ければ、四人用のソファ席に座り、こちらに軽く手を上げている人物がいる。

長身で細身の身体にぴったり合ったフルオーダーのスーツを嫌みなく着こなす彼の名は、三柳楓馬。業界でも一、二を争う大企業、三柳建設の御曹司で、亡くなった姉の婚約者だった人。

そして、今は私の婚約者でもある人だ。

顔立ちは人形のように整いつつも優しい雰囲気があり、淡い茶色の髪と相まって優雅な印象を与える。人の――特に女性の目を惹きつける容貌だ。現に今も、カフェラウンジにいる女性客がちらちらと彼を見ては頬を染めていた。

気持ちはわかる。私だって、楓馬さんを見ると未だに心が騒いでしまうもの。

「お待たせしてすみません」

女性達の熱い視線に居心地の悪さを覚えながら、私は彼のもとへ行き、遅参を詫びた。

「ううん、俺も今さっき着いたばかりだから、気にしないで」

楓馬さんはそう言って、自分の向かいに座るように勧める。

私が着席すると、タイミング良く店員さんがオーダーをとりにきた。

彼の前にはホットコーヒーのカップ。私も同じものを頼んだ。店員さんが席を離れたのを見て、楓馬さんが再び口を開く。

「今日も綺麗だね、志穂。そのイヤリングも着けてもらえて嬉しい。よく似合っているよ」

「あ、ありがとう、ございます……」

私の耳を飾っているイヤリングは、以前彼に贈られたものだ。

褒めてもらえて、気づいてもらえて、嬉しい。

……でも同じだけ、胸が痛い。

だって彼が愛しているのは、私ではなく美穂だから。

このイヤリングだって、本当に贈りたかった相手は私ではなく姉だろう。

美穂が亡くなった今も、楓馬さんは変わらず姉を想っている。深く、深く……

顔かたちだけは同じ妹の私を、身代わりとして傍に置こうとするくらいに。

約一年半前――姉の美穂が亡くなったあと、ほどなく私が楓馬さんの新しい婚約者になった。

元々美穂と楓馬さんの婚約は、両家の結びつきを強固にするための政略結婚。

それでも二人は、家の思惑とは関係なく愛を育んでいた。美穂が亡くなりさえしなければ、二人はきっと幸せな夫婦になっていたことだろう。

ところが美穂は交通事故に遭い、二十三歳という若さでこの世を去ってしまう。

そして双子の妹である私にお鉢が回ってきた、というわけだ。これは、うちの父がぜひにと言い出したことなのだとか。

姉が死んだから代わりに妹を……なんて、ひどい話だよね。

けれど、私の両親はどうしても彼の家――三柳家と繋がりを持ちたかったし、楓馬さんもまた、私が新しい婚約者になることを望んだらしい。

私が、見てくれだけは美穂にそっくりだったから。

そう。楓馬さんは私を通して、亡くなった姉を見つめ続けている。

彼が与えてくれる優しさも、愛情の籠った甘い眼差しも、全ては私ではなく、美穂に向けられたもの。

そうとわかっていて、私は楓馬さんに会いに来る。

それを私の両親と、彼自身が望んだから。

そして、私も楓馬さんを……

「志穂？」

「……っ、ごめんなさい。ぼうっと、しちゃって」

食事の途中、物思いに耽っていたところに声をかけられ、慌てて謝る。

あのあとラウンジでコーヒーを飲んだ私達は、楓馬さんが予約してくれていた、ホテル内にあるフレンチレストランに移動し、夕食をとっていた。

「仕事で疲れているのかな？　いつも俺の都合で呼び出してごめんね」

「いえ、そんな……」

気遣われ、心苦しくなる。

大企業の後継者として日々多忙を極めている彼に比べたら、私の仕事の疲れなんて軽いものだ。

私は曖昧に笑って、食べかけの肉料理を切り、口に運ぶ。

神戸牛ロースのポワレ、だったっけ。ミディアムレアに焼かれたお肉はうっとりするほど柔らかく、脂もしつこくなくて、とても美味しい。

他の料理も、見た目、味ともに最高の一品ばかりだった。

しかも、ホテルの上階に位置しているので、テーブルから都内の夜景が一望できる。

いかにも人気のデートスポットといった感じの店だ。

彼は、身代わりの私にも非常によくしてくれる。高価なプレゼントをくれて、素敵なレストランで美味しい料理を食べさせてくれる。

たぶん、これが楓馬さんと美穂の当たり前のデートだったのだろう。

思えば姉は、いつも上等なものに囲まれていた。そして、それが似合う人だった。

「すごく、美味しいです。ありがとうございます、楓馬さん」

美穂ならきっと、そう言って笑うはずだ。

生前の姉の華やかな笑顔を思い出し、なるべく似せて笑ったところ、楓馬さんは「よかった」と、嬉しそうに微笑んだ。

（楓馬さん……）

彼の笑顔を見ると、胸が熱くなる。

そして同じくらい、ツキンと痛くなる。

（ああ、どうして美穂は死んでしまったんだろう）

あんなことが起こらなければ、今ここでこうして彼と微笑み合っているのは、私ではなく美穂だったのに。

楓馬さんと会っていると、より強く、亡くなった美穂のことを意識してしまう。

そんな内心を表に出さないよう必死に笑顔を取り繕いながら食事を終え、私は彼に連れられて同じホテル内にある客室に移動した。

楓馬さんとの逢瀬は、ホテルで食事をしてそのまま客室に籠るパターンが多い。二人で泊まっていくこともあれば、どちらかが先に帰ることもある。そのあたりは都合によってまちまちだ。

彼にエスコートされてやってきたのは、いつもと同じ、広々とした部屋の中央に立派なベッドが置かれたダブルルーム。室内はブラウンを基調とした落ち着いた色合いでまとめられていて、一流ホテルならではの上品な雰囲気を醸し出していた。

部屋の奥にある大きな窓からは、先ほどのレストランと同じく都内の夜景を楽しめる。けれどこれまでの経験上、ゆっくりと夜景を眺めることはないだろう。

「志穂……」

バタンと重い音を立てて、私達の背後でドアが閉まる。

まるでその音を合図にするかのように、楓馬さんは私を強く抱き締め、唇を奪った。

「んっ……」

激しく貪られ、否応なく、身体に情欲の火が灯る。

食事のあと、レストランの化粧室で塗り直した口紅は、きっとすっかり剥がれてしまっただろう。

「んっ……んぅ……っ、ふあ……っ」

「……っ、やっと、二人きりだね」

熱っぽく囁いて、楓馬さんはくすりと笑う。

彼の薄い唇は、私の唇から移った口紅の色でほんのりと染まっている。それが妙に艶っぽくて、背筋がぞくっと震えた。

「可愛い、志穂……」

「……あっ……」

そして今度は首筋に口付けられ、甘噛みされる。

その刺激は甘い官能をもたらし、より私の劣情を煽った。

外ではとても紳士的な人なのに、二人きりになったとたん、楓馬さんは少しばかり性急に、荒々しく事を進める。

けれど私は、彼が見せてくれるそんな一面も嫌いになれなかった。

「あ……っ、ん……っ、は……っ」

再び唇を奪われ、身体が軋むほど強く抱き締められる。

息が苦しい。でも……やめられない。やめたくない。

「はぁ……っ、あ……っ」

楓馬さんとするキスは、いつも私を熱くする。

彼の舌で歯列をなぞられ、舌を絡め取られるだけで、私の中の女の部分が疼いて疼いてたまらなくなるのだ。

「……志穂……」

「……っ」

いったん顔が離れたかと思うと、吐息交じりの熱い声に名を呼ばれ、ドキッとする。

志穂、と確かに自分の名前を呼ばれたのに、一瞬『美穂』と呼ばれた気がしたのだ。

（なにを、馬鹿なことを……）

私は美穂の身代わりなんだから、そう呼ばれたっておかしくない。なのに『美穂』と呼ばれたような気がしただけで、こんなにも胸が痛むなんて……

傷つく資格など、私にはないのに。

（……ごめんなさい……）

罪悪感が込み上げてきて、私は心の中で亡き姉に謝った。

妹が自分に成り代わって婚約者に抱かれるのは、美穂にしてみればさぞ業腹だろう。

なのに私は、彼の手を振り払うことができない。

それどころか、自ら進んで楓馬さんに身を投げ出してしまっている。

（ごめんなさい……）

謝ったからといって許される行為ではないと、わかっている。

亡くなった姉の代わりに抱かれるのは、不毛な行為だとも。

それでも私は、彼と会うことをやめられないのだ。

楓馬さんに抱かれることを、心の底から拒めない。

だって、私も彼を愛しているから。初めて出会った時からずっと、姉の婚約者であり、姉の恋人であった楓馬さんに焦がれている。

（楓馬さん……）

いずれ、こんな歪(いびつ)な関係は終わりを迎えるだろう。

今は私を美穂の代わりとして求めている彼も、遠からず目を覚ますはずだ。

だけどその時までは……。楓馬さんが私を望んでくれる限り、彼の傍にいたい。

だから私は姉への罪悪感を抱きながらも、彼が与えてくれる快楽に身をゆだねてしまうのだ。

一時のことだから許してほしいと、亡くなった姉に言い訳して。

（なんて、嫌な女だろう……）

そう自分を蔑(さげす)みつつ、今度はどちらからともなく唇を合わせ、お互いの身体を弄(まさぐ)り合う。

「ん……っ、はぁ……っ」

何度も何度も深いキスを交わす間に、楓馬さんは私の肩からバッグをとり、床に落とした。続いてジャケットも脱がされ、もつれ合うようにベッドに押し倒される。

「あっ……」

その拍子に、私の足から靴が脱げかけた。

すると、中途半端に爪先(つまさき)に引っかかった靴に気づいた楓馬さんが、恭(うやうや)しくそれを手にとり、床にそっと並べて置いてくれる。

さっき落としたバッグやジャケットとはえらい違いだ。この差はなんなんだろうと思っていたら、彼はにやっと笑みを浮かべ、私の右足をとった。

「えっ、あっ、やっ……！」

楓馬さんは床に跪き、あろうことか私の足を――ストッキングに包まれた爪先を口に含む。

「だ、だめっ、汚いっ……」

「汚くなんてないよ」

そう言って、楓馬さんは親指の腹をぺろっと舐めた。

「んんっ……」

ねっとりと唾液を絡ませた舌に舐められただけで、私の身体はびくっと反応する。

止めなければならない。彼にこんなことをさせてはいけない。そう思うのに、ちゅぱちゅぱと音を立てて足の指をねぶられるのが気持ち良くて、足の裏を舐められただけで感じてしまって、止められなかった。

「はあっ……」

それに気を良くしたのか、楓馬さんは左足も同様に愛撫する。

彼の舌に、唇に触れられる度、私はびくっ、びくっと身体を震わせた。

やがて楓馬さんはベッドに上がって私の左脚を持ち上げると、足首から太もも、膝へキスを落としていく。

「ごめん、志穂。このストッキング、破いてもいい？」

そう尋ねてくる彼は、いつも以上に興奮しているように見えた。

「……っ」

戸惑ったけれど、楓馬さんがそうしたいならと、小さく頷く。

「ありがとう」

彼は嬉しそうに微笑み、ストッキングに手をかけ、びりっと破いた。

「んっ」

左脚だけでなく右脚も、一か所だけでなく何か所も破かれて、私の両脚を包んでいた薄い膜にはいくつもの穴が開いてしまう。

（なんだか、乱暴されているみたい）

荒々しくストッキングを破られ、無理やり犯されている気分になる。

でも怖いとか、嫌だとかは微塵も感じなくて、むしろ……興奮してしまった。

私って、自分で思うよりずっと変態なのかもしれない。

「んっ……」

そう思考を巡らせている間に、露わになった脚に楓馬さんの唇が落ちてくる。

「あっ……ぁ……はぁっ……」

薄い膜越しに舐められるのとはまた違った感触に、艶めかしい吐息が零れた。

「はぁっ……、……ん……っ」

ぺろぺろと生肌を舐められて、軽く甘噛みされる。くすぐったくて、こそばゆい。

それでも楓馬さんは、痕が残るほどきつく吸ったりはしない。一度、服で隠れない部分に痕をつけられた時、「見えるところには残さないでほしい」とお願いしたのを、律義に守ってくれているのだ。

楓馬さんの唇は、どんどん上へと上がってくる。

スカートがめくられて、ストッキングと下着に守られた秘所が彼の眼前に晒された。

「…………っ」

楓馬さんとはもう何度も身体を重ねているけれど、こうしてまじまじと恥ずかしい部分を見られるのには未だ慣れず、つい顔を背けてしまう。

「……っあ……っ」

「んっ」

彼がそこに顔を埋めたかと思うと、布越しに、秘裂をぺろぺろと舐められた。

湿った感触が伝わってくる。なのにストッキングと下着に阻まれて、ひどくもどかしい。

早く直接触れてほしいのに、楓馬さんは執拗に、焦らすように布の上からの愛撫を続ける。

「あっ、ああっ……」

唇だけでなく指の腹で撫でられて、時折息を吹きかけられて、私はたまらず彼の頭を掴んだ。

「やっ、あっ、あっ……んっ」

気持ち良い、気持ち良い……っ。

でも、もどかしいの。これじゃ足りないの……っ。

「楓馬さ……っ」

求めるように、ねだるみたいに、私は彼の名を呼んだ。

すると楓馬さんは、私がそうするのを待っていたかの如く、愛撫の手をぴたりと止める。

「可愛いね、志穂」

彼はようやくストッキングごと私の下着に手をかけ、脱がしてくれた。

「んっ……」

スカートは穿いたままなのに、その下には何もない。

露わにされた恥ずかしい部分の、薄い茂みの下はすでに濡れていた。布越しに染み出した彼の唾液と、自らの蜜とで。

「こんなに濡らして……。早く食べてって、誘っているみたいだ」

楓馬さんはうっとりと呟き、再びそこに顔を埋める。

「ひうっ……」

彼の舌に直接舐められる。待ち望んでいた刺激に、電流がビリッと走るのに似た快感を覚えた。

「あっ、ああっ……んっ……」

楓馬さんの愛撫はいつも丁寧で、そして執拗だ。

ちゅうちゅうと蜜を啜り、襞を一枚一枚丁寧に舐めて、一番敏感な芽をねぶっては、さらに蜜を溢れさせる。

「あっ、ああっ」

気持ち良くてたまらなくて、頭の中がどうにかなりそう。

しかも彼は、口だけでなく指でも刺激を与えてくる。

「ひあああっ……！」

指の腹で芽を擦られて、摘まれて、悲鳴じみた声が零れた。

「志穂のここ、ぷっくりしてる。美味しそう……」

「んんんっ……！」

硬くしこった花芽に、楓馬さんの舌が伸びてくる。

そして舌先でちろちろと転がすように舐められて、私はびくびくっと身体を震わせた。

「あっ、ああっ……」

果ての気配が近づいている。

「もう、だめぇ……っ、イ……っ、イッちゃう……っ」

「うん、イッていいんだよ、志穂。俺の前で、淫らに果ててみせて……？」

私の秘所を舐めながら、楓馬さんが焚きつけてくる。

「んぅっ……あっ、ああっ……」

そして、彼の指に容赦なく花芽を摘まれた瞬間——

「あああっ……！」

私はびくん！と一際大きく身体を震わせて、絶頂を迎えたのだった。

「……ぁっ……はぁ……っ」

一度果ててもなお、その余韻に痺れる私の身体は勝手に快感を得てしまう。

そんな私の頬に「とても可愛かったよ」とキスをして、楓馬さんはいったんベッドから下りた。

彼は自分のネクタイに手をかけ、ゆっくりと服を脱いでいく。

私はぼうっとしたまま、徐々に露わになっていく楓馬さんの身体を見つめていた。

彼の身体は、細身ながらとても引き締まっている。なんでも健康維持のため、ジムに通って鍛えているらしい。

やがて下着一枚の姿になった楓馬さんは、脱ぎ捨てたジャケットの内ポケットから数枚綴りの避妊具を取り出して、ベッドに戻ってきた。

そして避妊具を布団の上に置き、今度は私の服に手をかける。

ブラウスとスカート、それからブラジャーを脱がされて、私は生まれたままの姿でシーツの上に転がされた。

ああでも、まだ身につけているものがある。

「これも、とってしまおうね」

楓馬さんは私の髪を優しく左耳にかけ、イヤリングをそっと外した。

同じく右耳のイヤリングも外して、サイドボードの上に置く。そして軽くなった耳たぶの、留め具に挟まれてへこんだ部分に唇を寄せて、ちゅっと口付けた。

「んん……っ」

彼の柔らかい前髪が頬をくすぐって、こそばゆい。

それに、耳たぶを舐められるのも……感じてしまう。

私の性感帯を知り尽くしている楓馬さんは、そうして耳を愛撫しながら、手を私の胸元に這わせた。

「あっ」

これまでずっと放っておかれていた胸に、ようやく触れてもらえる。

優しいタッチで撫でられ、やわやわと揉まれて、じわじわと高まっていく快感に身体が震えた。そして時折、指の腹で頂をくりくりと擦られ、転がされる。

「ああっ……」

「志穂は胸の感度も良いよね」

私の耳元で、楓馬さんが楽しげにそう囁いた。

「どこもかしこも柔らかくて、手にぴったりと吸いついてくる。それに、気持ち良くなってくると身体がほんのり赤く色づいて、本当に……可愛いったらないな」

「楓馬さ……っ」

彼はいったん身を離すと、今度は唇で私の胸を、指で秘所を愛撫し始めた。

「んんっ……」

胸の頂を食まれながら、未だしっとりと濡れている秘裂を暴かれ、蜜壷に指を挿し込まれる。

初めて楓馬さんを受け入れた時には硬く閉じていたここも、今ではすんなりと彼を受け入れてしまうくらい、柔らかく花開いていた。

「あっ、ああっ」

濡れそぼる蜜壷を、楓馬さんの指でじゅぷじゅぷと犯される。

彼が指を動かす度(たび)に淫(みだ)らな水音が響いて、恥ずかしくて、でも気持ち良くて、たまらなくて……

「はあっ……っ」

また、果ててしまいそう。

けれどそうなる前に、楓馬さんは私の蜜壷から指を引き抜いた。

「あっ……」

「そんな名残(なごり)惜(お)しそうな顔してもだめだよ。俺も、そろそろ限界だから……」

言って、彼は私から身を離す。

そして下着を脱ぎ捨てると避妊具を取り出し、屹立(きつりつ)する自身に被せた。

(あ……)

「触って、志穂」

私の上に跨(また)がった楓馬さんが、私の手をとり、自身へと導く。

薄いゴムの膜に覆(おお)われた彼の肉棒はとても硬かった。これからこの凶器に貫(つらぬ)かれるのかと思うとたまらず、私は期待と悦(よろこ)びに息を呑む。

「楓馬さん……」

「うん」

私が彼の名を呼んだのを合図に、楓馬さんは私の太ももを掴んで開かせる。そして秘裂に自身を宛がい、ゆっくりと入ってきた。

「んんっ……」

この瞬間だけは、何度経験しても少し苦しい。

「くっ……」

だけどいつも余裕綽々といった様子の楓馬さんの、余裕のない、切なげな表情が見られるのが嬉しかった。

「……っ、はあ……っ」

彼の薄い唇から、艶めかしい吐息が漏れる。

そうして自身を根元まで埋めた楓馬さんは、「動くよ」と言ってから、腰を前後に動かし始めた。

「んっ、んんっ、あっ、ああっ……んっ」

ゆさゆさと身体を揺らされて、何度も何度も彼自身を突き入れられる。

穿たれる度に、私の口からは甘い嬌声が零れた。

「あっ、ああっ」

「志穂……っ」

それが楓馬さんを煽るのか、彼は徐々に腰の動きを速めていった。

「んあっ、ああっ」

（はっ、はげ、しい……っ）

容赦なく腰を叩きつけられて、結合部からぱちゅっ、ぱちゅっと水音が響く。

でも、激しくされるのは嬉しい。それだけ自分が求められているように思えるから。

（楓馬さん……っ）

身代わりでも、いい。

彼が本当は美穂を相手にしているつもりなのだとしても、楓馬さんに抱かれるだけで、私は幸せを感じずにはいられないのだ。

「あっ、ああっ、あっ」

そんな自分をあさましい、はしたないと責める気持ちは拭えないけれど、彼が与えてくれる快楽に溺れてしまう。

（ごめんなさい、ごめんなさい……っ）

「あっ、あああっ……！」

私は両手でシーツをぎゅっと握り、二度目の絶頂を迎えた。

「……っ」

その拍子に、意図せず彼自身をきゅうっと締めつける。

とたん、私を見下ろす楓馬さんの顔がくっと快楽に歪んだ。

（かわいい……）

私は彼の頬に手を伸ばし、しっとりと汗ばんだ肌を撫でる。

楓馬さんのことが可愛くて、愛おしくて、我慢できなかったのだ。

「……っ」

楓馬さんは息を呑み、それから私の手をとって、その掌にちゅっとキスをしてくれた。

そして再び、ゆっくりと腰を動かし始める。

まだ終わってないよと、私に教えるみたいに。

「あっ、あっ、ああっ……」

「志穂……っ、志穂……っ」

彼の果ても近いのか、楓馬さんは切羽詰まった声で私の名を呼びながら奥を穿つ。

絶頂を迎えたばかりでより敏感になっていた身体は、それだけであっという間にまた快楽の高みへと押し上げられ――

「あっ、やっ、イッちゃ……あああああっ！」

「……っ！」

ゴムの中に精を吐いた楓馬さんと同時に、三度目の果てを迎えたのだった。

「志穂、志穂……」

「ん……」

名を呼ばれ、肩を優しく揺り動かされる。

どうやら私は感じすぎて、少しばかり気を失ってしまっていたらしい。

「楓馬さ……」

「とても可愛かったよ、志穂」

彼はそう言って、私の唇にちゅっと口付けてくれた。

どうやら楓馬さんに満足してもらえたようだと、嬉しくなる。

それにセックスの間、何度も甘く、切なげに名を呼ばれたことを思い出し、胸がときめいた。

けれど……

「……っ」

こちらをじっと見つめている彼の瞳には、私の姿が映っている。

美穂にそっくりの、私の顔が。

（……ああ）

それを認めた瞬間、高揚していた気持ちに冷や水をかけられた思いがした。

そうだ。彼が本当に呼びたいのは私の名前じゃない。

彼が本当に抱きたいのは――愛したいのは私じゃなくて、姉の美穂なのだ。

（ごめんなさい……）

美穂じゃなくて、ごめんなさい。

美穂じゃないのに、楓馬さんに抱かれて、悦(よろこ)んで、ごめんなさい……っ。

彼との逢瀬(おうせ)は、いつもこう。楓馬さんに会えて嬉しく感じるのと同じだけ、彼や姉に対して後ろめたくて、気が塞(ふさ)ぐ。

どうしてあの日、死んだのが自分じゃなくて美穂だったんだろうって、思ってしまう。

「…………」

「志穂……？」

「……っ、あ、ごめんなさい……。ぼうっと、して」

「やっぱり疲れてるんじゃないの？　今日はもう休もうか？」

「ちがっ……、そうじゃ、なくて……」

私の心が弱いから、悪いのだ。

楓馬さんが今でも美穂を愛しているとわかっているのに。

わかっていて、身代わりになることを受け入れたのに。

未(いま)だにいちいち傷ついて、後ろ向きな感情に囚われる。

「……楓馬さん……もっと、して……」

私は二人に対する罪悪感と、自分に対する嫌悪感から目を逸らし、逃れるみたいに彼へ縋(すが)った。

初めて楓馬さんと身体を重ねた時と、同じように。

「抱いて……」

「志穂……」

快楽に溺れている間だけは、それ以外のことを感じずに済むから。

忘れていられるから。だから……

「……わかった」

楓馬さんは頷いて私の手をとり、指先にキスをくれた。

彼に口付けられると、そこから温かいものが広がっていくような感覚が生まれる。

少しだけこそばゆくて、気持ち良い。

「もっと、いっぱいキスして」

そうねだれば、楓馬さんはくしゃっと顔を歪め、「あんまり可愛いこと言わないで」

と言った。

「箍が外れて、優しくしてやれなくなる」

「それでもいい」

彼になら、きっと何をされても許せるから。

優しくしてくれなくてもいい。

乱暴にされてもいい。

美穂の代わりでも……いい。
何をされても、構わないから。だから……
(今だけは、私を抱いて、放さないで)
言葉にできない想いを、胸に抱く。
彼は私の姉が愛した人。私の姉を、今も愛している人。
本当はきっと、こんな風に触れ合うことすら許されない人。
「志穂……っ」
それでも今だけは、私の名を呼んでくれるから。
身代わりでも、私を求めてくれるから。
私は世界で一番愛しているこの人に、縋らずにはいられないのだ。

二　姉の婚約者

私達姉妹と楓馬さんの出会いは、八年前。
私達が十七歳、楓馬さんが十九歳の年の夏のことだった。
夏休みに入って間もなく、父が突然、美穂に良い縁談があると言い出した。

私達の父は先代——祖父が興した不動産会社を引き継ぎ、経営している。その会社の取引先である大企業、三柳建設の御曹司と美穂との縁談話が持ち上がっていると、父は大喜びだった。

そして後日、楓馬さんと彼のご両親を我が家に招き、私も妹として同席させられた。

当時、この縁談に乗り気だった父と違い、あちら側はあくまで一度会わせてみて、お互いに相手を気に入るようなら……と思っていたらしい。

無理もない。だって三柳家なら、他にもいくらだって条件の良い縁談があっただろうから。むしろ、一度でもチャンスをもらえたことが奇跡だったのだ。

その奇跡は、美穂にとっても私にとっても運命の出会いとなった。

「はじめまして、三柳楓馬です」

「……っ」

我が家のリビングで初めて楓馬さんと顔を合わせた時、私は人知れず息を呑んだ。なんて綺麗な人なんだろう……と。

彼のことは、両親から事前に聞かされていた。

成績優秀で見目も良い、将来有望な若者だと。

だから元々すごい人なんだとは思っていたけれど、実際に目にした楓馬さんは、私が想像していた以上に素敵な人だった。

美しいお母様によく似た容貌は、まるで少女漫画のヒーローみたいに整っている。色素の薄い髪の毛はサラサラで柔らかそうだったし、頬に影を落としそうなほど長い睫毛に縁取られた茶色の目は、とても澄んで見えた。

女性的に整った顔立ちながら、眉やすっと通った鼻筋には男性らしい凛々しさも感じる。うっすら笑みを描いた唇は形が良く、妙に色っぽかった。

それに雰囲気も大学一年生とは思えないほど落ち着いていて、大人っぽく、恰好良い。

今まで男性へ必要以上の関心を抱いたことなんてなかったのに、私は何故か楓馬さんから目が離せなかった。

「…………」

私はいったい、どうしてしまったのだろう。

礼儀正しく振る舞うよう、両親から事前に口を酸っぱくして言われていたにもかかわらず、声を発するのも忘れ、彼に見入っていた。

その時ふと、楓馬さんと目が合う。

（あ……）

彼は髪と同じ、色素の薄い目を大きく見開いたかと思うと、次の瞬間には花が綻ぶような笑みを浮かべた。

「……っ」

彼に微笑みかけられ、胸がカッと熱くなる。

急に恥ずかしさが込み上げてきて、私はぱっと視線を逸らした。

(どうしよう……。変に、思われたかな……)

「ちょっと、志穂。あなたもご挨拶なさい」

私が一人うろたえていた間に、美穂や両親は挨拶を済ませたらしい。

母に咎められ、三柳のご両親も私を見ていることに気づき、慌てて頭を下げた。

「あ……っ、す、すみません。はじめまして。美穂の妹の志穂、です」

「志穂……さん」

楓馬さんの形良い唇が、私の名を唱えた。

「はっ、はい」

彼が、私の名を呼んでくれた。

たったそれだけのことで、心臓が破裂しそうなほどドキドキする。

顔が妙に熱い。きっと赤くなっているだろうと思うと、余計に恥ずかしくなって俯く。

そんな私に、楓馬さんは優しく声をかけてくれた。

「可愛い名前だね」

「……っ」

楓馬さんにとっては、おそらくただの社交辞令。

でも、私は嬉しかった。そして、自分の心に生まれた感情にはっきりと気づいてしまう。

（どうしよう……）

姉の縁談相手なのに。姉と結婚するかもしれない人なのに。

私はこの時、楓馬さんに恋をしたのだ。

一目惚れだなんて、漫画や小説の中だけの出来事だと思っていた。

でも私は、自分でもどうしようもなく、彼に惹かれてしまった。

「――そうそう、三柳の奥様は音楽鑑賞が趣味でいらっしゃると聞きました。実は、うちの美穂はピアノがとっても得意なんです。幼稚園のころから習わせていて、コンクールで優勝したこともありますの」

初めての感情に戸惑う私を尻目に、楓馬さんと美穂の初顔合わせは和やかに進んでいく。

話をするのは、もっぱら両家の母親達だ。特にうちの母が張り切って、三柳のご両親や楓馬さんに美穂を売り込んでいる。

「まあ、素晴しいわ。私は聴くのも弾くのも大好きなんです。今度ぜひ一緒に弾いてみたいわね。いいかしら？　美穂さん」

「もちろん、喜んで」

美穂ははにかんだような愛らしい笑みを浮かべて頷いた。

「私の影響で、楓馬もクラシックが好きみたいなの。子どものころからバイオリンをやっていて」

「素敵ですわぁ」

「ふふっ。楓馬さん、今度演奏を聞かせてくださいね」

「ええ。俺も美穂さんの演奏を聞いてみたいな」

美穂がにっこりと笑ってお願いすると、楓馬さんも笑顔を返して頷く。

大人しくて地味で、引っ込み思案な私と違って、明るく華やかで人を惹きつける美穂。

誰が見ても、美穂と楓馬さんはお似合いだった。音楽という共通の趣味もあり、二人ともお互いを気に入ったらしく、話が弾んでいる。

うちの両親は終始上機嫌で愛想をふりまき、あちらのご両親も微笑ましそうに当事者達を見守っていた。

(私、この場にいる必要があったのかな……)

「……志穂さんも、何か楽器を?」

一人疎外感を覚えていると、ふいに、楓馬さんが私に話しかけてくる。

おそらく、ずっと押し黙ったままの私に気を使ってくれたのだろう。

「え……と、私は……」

「ああ、志穂は何も」

しかし私が口を開いてすぐ、それを遮(さえぎ)るみたいに母が愛想笑いを浮かべながらまくしたてた。

「いえね、この子にもピアノを習わせようとしたんですけど、ちっともじっとしていられなくて、すぐやめてしまったんですのよ。本当に、美穂と違ってこの子はあまり出来が良くなくって」

その点、美穂は……と、母は話題の中心を愛娘に戻す。

私は微苦笑を浮かべて、言葉を呑み込んだ。

(習わせようとした……か)

うそばっかり、と心の中で嘆息する。

母は私に習い事なんてさせてくれなかった。幼稚園のころ、「私も美穂みたいにピアノを習いたい」と言った私を「あんたなんかにできるわけないでしょ」と叱りつけ、家のピアノに触ることも許さなかった。

母は昔から美穂だけを可愛がり、私には目もくれなかったのだ。それどころか、嫌ってさえいた。

その後も、楓馬さんやあちらのご両親が気を使って私にも話題を振ってくれたけれど、その度(たび)に母が強引に美穂の話題に戻し、私はろくに会話に加われないまま最初の顔合わせが終わった。

まあ、お見合いの主役は美穂なのだから、母のやり方も間違ってはいないのだろう。

ただ母がことさら私を美穂と比べて貶す度、楓馬さんに痛ましげな視線を向けられるのが恥ずかしく、居た堪れなかった。

(かわいそうな子だと……思われたのかな……)

私を見る彼の瞳には、憐憫の情が宿っている気がした。

そのせいか、楓馬さんに心惹かれて高揚していた気持ちが、すっかり打ちひしがれている。

ようやく膨らみかけた蕾が、花を咲かせる前にしぼんでしまったみたいに。

(……でも、これでいいのかもしれない。だって、楓馬さんは美穂のお相手なんだから)

彼は、私なんかが好きになっていい人じゃないもの。

「――それでは、お返事はまた後日。改めてということで」

三柳のお父様がそう言ってうちの両親に頭を下げ、退出の意を告げる。

両親はもう縁談が成立した気でいるのか、ニコニコと上機嫌な顔で「ええ、良いお返事をお待ちしております」と答えていた。

三柳夫妻と楓馬さんは車で来ていたので、桜井家の四人も家の駐車場まで出て彼らを見送ることに。

美穂は三柳のお母様にとても気に入られたようで、そこでも「今度一緒にコンサートへ行きましょうね」と誘われていた。

そして運転席にお父様、助手席にお母様が乗り込み、最後に楓馬さんが後部座席に乗り込もうとする。

その間際、彼の視線が私を捉えた。

（あ……っ）

ただ目が合っただけで、凪いでいたはずの心にさざなみが立つ。

「…………」

楓馬さんは物言いたげな表情で、そして実際に口を開き何かを言おうとして……でも結局何も言わないまま、車に乗り込んでしまった。

あの時、彼は何を言おうとしていたのだろう。

いや、きっとそれは私にではなく、美穂に向けて告げようとした言葉だったのだ。

視線が合ったと感じたのも、私に何かを言おうとしていたと思ったのも錯覚……ううん、そうだったらよかったのにという願望だったのだろう。

もしかしたら楓馬さんは後日と言わず、その日の内に美穂へ婚約の意思を伝えたかったのかもしれない。だって二人はそれくらい、打ち解けているように見えたから。

そして後日、三柳家から正式な返答があり、楓馬さんと美穂は婚約を結ぶことになった。といっても二人はまだ未成年ということで、正式な結納は美穂が大学を卒業してからという話だった。

やっぱり、楓馬さんは美穂を伴侶に選んだのだ。わかっていたはずなのに、その知らせを聞いた時には胸が痛んだ。最初から、私は彼にとっては縁談相手の妹に過ぎないというのに、失恋した気になるなんて、変だよね。

一方うちの両親は、大企業の経営者一族と縁を結べるとあって大喜びしていたっけ。二人の婚約を足がかりに、父の会社と三柳建設とで共同プロジェクトも始動するという話だった。

そんな両親の期待を一身に受けた美穂は、楓馬さんの婚約者として、結婚を前提にした交際をスタートさせる。

二人の仲は順調で、彼はよく美穂に会いにうちを訪ねてきたため、学校から帰ると楓馬さんとばったり顔を合わせる、なんてことも多かった。

あれは、二人が婚約を結んだ年の冬――だっただろうか。

授業を終えて帰宅した私は、家の玄関に見慣れない靴を見つけた。カジュアルなデザインの、男物のレザーブーツだ。

（もしかして、楓馬さんが来てるのかな……）

そわそわと落ち着かない気持ちのまま、私はローファーを脱ぎ、家に上がった。

すると廊下の奥――美穂のグランドピアノが置いてある部屋から、微かに音が聞こえてくる。

ポーン、ポーンと、跳ねるような高い音。それはやがて、一つの旋律を描き始める。

ピアノの音だ。この家でピアノを弾くのは美穂だけだから、たぶん、楓馬さんと一緒にピアノ室にいるのだろう。

（一応、挨拶した方がいいよね……）

美穂の妹として、将来義兄になる人に失礼のないように。

そう自分に言い聞かせ、ピアノ室へと向かう。

でも本当は、ただ楓馬さんの顔が見たかっただけなのかもしれない。

（あ、もう一つ、音が……）

最初はピアノの音だけだった旋律に、艶のある弦楽器の音色が重なる。

（これは、楓馬さん……？）

近づいてみると、ピアノ室の扉が開いていて、廊下から中の様子が窺えた。

制服姿の美穂が、口元に笑みを浮かべ、楽しそうにピアノを鳴らしている。

その傍らには、バイオリンを奏でる楓馬さんが立っていた。

（……綺麗……）

二人が奏でる音も、その光景も、とても綺麗だった。

冬の淡い光が差す部屋で、軽やかに音楽を奏で合う恋人達。

薄暗い廊下からそれを羨ましげに見つめる私からは、別の世界の住人に思える。

（いいなあ……）

私は、美穂みたいにピアノを弾けない。他の楽器だって何も弾けない。

だから、こんな風に楓馬さんと音を重ねることもできないのだ。

「………」

疎外感が胸に込み上げてくる。

たった数歩の距離が、ひどく遠く感じられた。

同時に、これ以上近づいてはいけないとも思った。

私なんかが、二人の世界を邪魔してはいけないのだと。

「……あ、今間違えただろ、美穂」

「いいの。コンクールに出るわけじゃないんだし、楽しく弾けたらそれでいいのよ」

「はいはい」

「そういう楓馬くんだって、さっき音外してた」

「ばれていたか」

「ばれないと思ったか」

楓馬さんと美穂は楽器を弾きながら軽口を叩き、笑い合う。

最初こそ家の思惑で引き合わされた二人だったけれど、今ではすっかり仲睦(なかむつ)まじい恋人同士になっていた。

そんな二人の親しげな空気がまざまざと感じられ、胸が苦しい。

（……私、馬鹿みたい）

楓馬さんの顔が見られる、なんて。何を期待していたんだろう。

彼は美穂の婚約者。美穂に会いに来たのであって、私に会いに来てくれたわけじゃない。

「…………」

美穂達が気づいていないのをいいことに、私は音を立てないようそっとその場をあとにした。一瞬でも浮かれた自分が、恥ずかしくて仕方ない。

足音を忍ばせて二階へ上がり、自室に入る。

扉を閉めても二人の奏(かな)でる旋律(せんりつ)が微かに聞こえてきて、私はそれから逃げるみたいにベッドへダイブし、布団を被って音を遮(さえぎ)ろうとした。

そうして、どれくらいじっとしていただろう。

ようやく階下が静かになり、もぞ……と布団から顔を出す。

制服のまま潜り込んだから、スカートが皺になっていた。

「あ……」

（そういえば、美穂も制服のままだったな……）

私と美穂は別の高校に通っている。私が通う公立高校の制服はなんの変哲もない紺のブレザーとチェックスカートだけれど、美穂が通う私立女子高の制服は有名デザイナーがデザインしたセーラーカラーのワンピースタイプで、とても可愛い。

（……とりあえず、着替えよう）

のろのろと起き上がり、制服に手をかける。

するとその時、コンコンと扉をノックする音が響いた。

「志穂、帰ってるんでしょ？　開けていい？」

「う、うん」

制服を脱ぐのをやめ、私は返事をする。

ほどなく扉が開き、制服姿のままの美穂が顔を覗かせた。

「あのね、今から楓馬くんに勉強を見てもらうんだけど、志穂も一緒にどう？」

「勉強？　ピアノはもういいの？」

「あ、やっぱり聞こえてた？　あれは志穂が帰ってくるまでの暇潰しみたいなものだったから、もういいの。ほら、うちの学校も志穂の学校も、そろそろテスト期間でしょ？

「そう、なんだ」

だから楓馬くんに家庭教師をお願いしたの」

こういうことは、これまでにもよくあった。

有名国立大に現役で合格していた楓馬さんは、とても頼りになる先生だ。彼に勉強を見てもらえるようになって、私も美穂も成績が上がった。

(でも……)

「……ううん、私はいいよ」

楓馬さんがうちに来る時、何故か美穂は必ずと言っていいほど私を同席させたがる。時には、外で会う場合にさえ私を誘うことがあった。おかげで母からは、二人の邪魔をするなと叱られることもしばしばだ。

(邪魔しようなんて、考えたこともないのにな……)

どうして美穂は私を誘うんだろう。

楓馬さんと二人っきりで会いたいと思わないのだろうか？

疑問を覚えて一度尋ねたことがあったが、美穂はにっこりと花のように笑って、「二人きりで過ごす時間もちゃんととってあるから、大丈夫」と言った。

その表情には楓馬さんの婚約者として揺るがない自信が溢（あふ）れていて、とても眩（まぶ）しく、そして羨（うらや）ましく思えたっけ。

「私は行かない。お邪魔しちゃ、悪いし」

とにもかくにも、二人の仲の良さをこれ以上見せつけられるのが辛かったので、私は改めて誘いを断った。

だが美穂は引かない。

「志穂は邪魔なんかじゃないよ！　むしろいてくれなきゃ困る」

「……？」

それは、どういう意味なんだろう？

ああでも、私を気遣ってそう言ってくれているだけかもしれない。

「サンルームで待ってるから志穂も来て。あと、お茶もお願い。楓馬くん、志穂の淹(い)れるお茶がお気に入りだから、よろしくね」

美穂は「来ないと、楓馬くんと一緒に迎えに来るから！」と念を押し、バタン！　と扉を閉じて去っていった。

美穂は一度言い出したら聞かないところがある。たぶん、無視したら本当に楓馬さんを連れて襲撃してくるだろう。

ちょっと我儘(わがまま)で、でもそんなところも可愛い我が家のお姫様。それが美穂だ。

幼稚園のころは、そんなお姫様気質の美穂に数少ない玩具(おもちゃ)をとられたり、意地悪されたりしたこともあった。美穂はあんなにも両親——特に母親に愛され、欲しいものはなんでも買ってもらえたのに、大人しくて暗い性格の私が気に入らなかったのか、何かとちょっかいをかけてきたのだ。

でも年を重ねるにつれ、美穂は私に敵意を向けなくなっていった。それどころか私を気にかけ、面倒を見てくれるようになったくらいだ。

今回みたいに振り回されることもあるけれど、私はそんな美穂が好きだし、今では姉妹仲も悪くない……というか、良い方だと思う。

もし小さいころのまま私達の仲が悪かったなら、楓馬さんに恋心を抱くことへの罪悪感も、もっと薄くて済んだのかもしれないな……

美穂が好きだからこそ、美穂の好きな人を想うのが後ろめたくてならない。

「はあ……」

私はため息を一つ吐き、ベッドから下りた。

とりあえず、襲撃される前に下へ行こう。

幸いなことに、母は先日から学生時代の友人数人と旅行に出かけている。二人の邪魔をするなと文句を言われることはない。いや、この場合は幸いではないのかな。

婚約者同士の逢瀬を邪魔するようで、やはり気乗りはしない。二人の仲の良さを見せつけられ、落ち込んでいたから、尚更だ。

けれどそう思う一方で、楓馬さんに会えることを喜ぶ自分もいた。

彼は姉の婚約者だ。しかも、二人はとても仲睦まじく、傍から見ていてもお互いを想い合っているのがよくわかる。

そんな相手に恋心を抱いてはいけない。どんなに想ったところで報われるわけもなく、ただ辛いだけだとわかっている。

なのに……

（どうして、かな……）

わかっているのに、一度芽生えた想いはなかなか消えてくれなかった。

それどころか、楓馬さんと顔を合わせる度にその想いは存在感を増していく。

初恋は叶わないと言う。叶わないなら叶わないで、こんな気持ちは早く消えてくれればいいのに、それすら叶わない。ままならない自分の心が、厭わしくて仕方なかった。

いっそ告白でもして玉砕すればスッキリするだろうか。そう考えたこともあったけれど、結局想いを告げる勇気を持てず、今に至る。だって二人が結婚すれば、これから先も親戚付き合いが続くのだ。そんな相手に告白して、ふられて気まずい思いをするのは嫌だ。もしそんな状況になったら、楓馬さんだって気まずく感じるだろう。

好きだから、会いたい。

一方で、好きだからこそ会いたくない。

そんな複雑な胸中のまま、私は制服から私服に着替え、勉強道具一式を持って一階に下りた。

まずはキッチンに寄り、三人分の紅茶を用意してサンルームへ向かう。勉強道具もあるので、ティーセットはトレイごとワゴンに載せて運ぶことにした。

「あははは、楓馬くん、そんなことやったの？　馬鹿だなあ～」

「上手くいくと思ったんだよ。結果、大失敗だったけど」

サンルームの前に来ると、扉越しに美穂の軽やかな笑い声と楓馬さんの苦笑混じりの声が響く。

その声を聞き、私は扉を開けようとしていた手をはっと止めた。

なんだか、とても楽しそう。そんなところに、私なんかが入っていっていいのだろうか。

二人の世界が壊れるのではと、尻込みしてしまう。

先ほどピアノ室に入れなかった時と同じだ。切ない思いをしたくないと、臆病な私がまた逃げたがっている。

（やっぱり、誘いを断って部屋に引き籠ろうかな……）

そんな考えが頭をもたげたが、私の訪れに気づいたらしい美穂から扉越しに「志穂？」と声をかけられ、逃げることは諦めざるをえなかった。ここまで来て部屋に帰ったら、きっと変に思われる。

私はふうっと息を吐いたあと、躊躇いがちにサンルームの扉を開けた。

我が家の一階、南側に位置するサンルームは、母の自慢の一つだ。壁や柱は白く塗られ、板張りの床の上にはアンティークのテーブルセットが置かれている。部屋のそこかしこに観葉植物のグリーンがあり、ガラス窓から見える庭の風景と相まって、とても居心地の良い空間に仕上がっていた。

でも今の私には、自分一人が場違いに思えてひどく落ち着かない。

「もう、遅いよ志穂。待ちくたびれた」

「こんにちは、志穂」

大きな円形のテーブルに隣り合って座る美穂と楓馬さんが、笑顔で私を迎える。

いつからか、楓馬さんは婚約者を『美穂』と、名前で呼ぶのと同様に、私のことも『志穂』と呼ぶようになっていた。

「こんにちは、楓馬さん。待たせてごめんね、美穂」

「そこまで待ってないから、美穂の言うことは気にしなくていいよ」

楓馬さんに挨拶を返し、美穂へ謝ると、彼がすかさずフォローしてくれる。

「なによそれ。もう、楓馬くんはほんっとうに志穂に甘いんだから」

美穂はくすくすと笑って、私が運んできたワゴンから自分と彼の分のティーカップをとり、優雅な仕草で紅茶を口に運んだ。我が姉ながら、そんな姿すら一幅の絵のように品がある。

「そうかな？」

「そうだよ。それで、私には全然優しくない」

（そんなこと、ないと思うけど……）

私は二人の向かいの席に腰かけ、心の中で美穂の言葉を否定する。

だって、楓馬さんはとても優しい。まめに婚約者に会いに来てくれるし、よく美穂にプレゼントを贈っているのも知っている。しかも、婚約者へ贈るついでにその妹である私の分まで用意してくれるのだ。

勉強だって懇切丁寧に教えてくれるし、美穂と一緒に映画や食事に連れていってくれることだって……。

婚約者の妹である私にさえそこまで気を使ってくれているのだから、本命の美穂にはより心を配っているのだろう。

もっとも、美穂も本心から文句を言ったわけではないようだ。たぶん、可愛く拗ねてみせただけなのだと思う。美穂はそういう態度もよく似合った。

そんな甘え方、私にはできない。たとえしてみたところで、周りの顰蹙を買うだけだろう。

楓馬さんは、拗ねる美穂に仕方ないなあと言わんばかりの微苦笑を浮かべつつも、優しい眼差しを向けていた。ちょっと我儘なところさえ、可愛くてならないと思っていそうな顔だ。

（……本当に、絵に描いたようにお似合いの二人だなぁ……）

二人の仲の良さを見せつけられる度、胸がちくんと痛む。

いつになったら、この痛みを感じなくなるだろうか。

いつまで待てば、この想いを諦めることができるだろうか。

私の初めての恋は、そんな風に消えてなくなる日を待つばかりのものだった。

楓馬さんに、好きな人に会えるのは嬉しい。

でもやっぱり、美穂と愛し合う彼の姿を見るのは辛い。

彼に愛されている美穂が羨ましくて、妬ましくて仕方なかった。

そんな醜い感情なんて抱きたくないのに、二人を見ていると、どうしても嫉妬してしまう。

「志穂、どうしたの？」

美穂と談笑していた楓馬さんが、ふいに声をかけてくる。

暗い顔で押し黙っていたから、不審に思われたのだろう。

私は慌てて笑顔を取り繕い、「なんでもないです」と言って、自分の前にもティーカップを置いた。

「そうだ、お茶、ありがとうね。志穂の淹れてくれる紅茶はとても美味しいから、いつも楽しみにしているんだ」

楓馬さんは微笑を浮かべ、ティーカップに口をつける。

そして一口飲んでから、「うん、美味しい」と褒めてくれた。

「ほら、言ったでしょう？　楓馬くんは志穂の紅茶がお気に入りなの。もちろん私も好き」

「美穂はお茶を淹れるの下手だもんな」

「ほっといて！　私には志穂がいるからいいの！」

からかうように言う楓馬さんに、美穂はふんっと顔を背ける。

親しげな二人のやりとりにちくちくと痛む胸を誤魔化し、私は曖昧に笑って問題集を開いた。

こうなったらもう勉強に集中してしまおう。早く終わらせて、この場から逃げ出そう。

だってやっぱり、これ以上この二人と一緒にいるのは苦しいもの……

そんな風に、楓馬さんと出会ってからの日々は、叶わぬ恋に身を焦がした記憶ばかりだったように思う。三人で会うのは楽しかったけれど、同じくらい切なかった。

そういえば一度だけ、楓馬さんと二人きりの時があったっけ。

あれは私達が高校三年に進級する前、まだ肌寒い三月の初めごろのことだった。

彼とデートの約束をしていた美穂が急に体調を崩してしまい、代わりに行ってくれと頼まれたのだ。その日のデートは二人が好きなクラシックのコンサートで、せっかくとれたチケットを無駄にしたくないからと。

美穂の代わりに待ち合わせ場所に現れた私に、楓馬さんはがっかりした風も見せず、「志穂が付き合ってくれて嬉しい」と言ってくれた。

本当は美穂と来たかったろうに、彼はクラシックに不慣れな私を気遣い、解説を交えながら、初心者でも楽しめるよう気を配ってくれたのだ。

楓馬さんと一緒に素晴らしいオーケストラの演奏を鑑賞できるなんて、まるで夢みたいな時間だった。けれど、コンサートを終えて会場から出たとたん、私のお腹がぐううっと鳴ってしまう。

「あ……」

今回のコンサートは十九時開演の二十一時終演とやや遅い時間で、夕食はこのあとに予定していたから、私はとてもお腹が空いていた。でもだからって、好きな人の前でこんな大きく鳴らなくてもいいのにと、泣きそうになる。

「ごめん、夕食を先にしておけばよかったね」

「ご、ごめんなさい」

楓馬さんが謝ってくれるのがかえって申し訳なく、恥ずかしかった。

すると彼は、突然「あっ」と声を上げて、会場近くの公園へ走っていく。

慌てて追いかけたところ、楓馬さんはそこに来ていた石焼き芋の屋台で、焼き芋を一本買っていた。

「レストランまでは少し時間がかかるからね。一緒に食べよう」

彼は熱々の焼き芋を半分に割り、片方を私に差し出す。

そうして自(みずか)らも焼き芋を頬張り、笑ってこう言った。

「実は俺もお腹が空(す)いててさ、演奏中もこっそりぐうぐう鳴らしてたんだ。気づいてた？」

「い、いえ……」

そんなこと、全然気づかなかった。

ううん。今にして思えば、あれは私の気持ちを軽くするための優しいうそだったのだろう。

高級レストランのディナー前には不似合いな、屋台の焼き芋。寒空の下、二人で半分こして頬張った温かいそれは、とても美味(おい)しかった。

未(いま)だに石焼き芋の屋台を見ると、あの夜のことを思い出す。

初めて楓馬さんを独り占めできて、嬉しかったなあ……

もしあの時、勇気を出して自分の想いを伝えていたら、もう少し違う未来になっていただろうか。

でも私は告白する勇気を持てず、さりとて想いを捨てることもできず、顔を合わせるごとに楓馬さんへの想いを募らせ、姉の婚約者に未練がましく恋心を抱き続けた。

そんな自分が嫌でたまらなかったし、これ以上美穂に嫉妬心を抱くのも苦しかったので、私は大学進学を機に実家を出て、美穂と楓馬さんの二人から距離を置くことにした。

元々、高校を卒業したら家を出ようとは思っていたのだ。私は美穂と違って、家族と上手くいっていなかったから。両親が関心を抱くのは美穂だけで、私はそのおまけみたいなもの。いてもいなくても、どうでもいい存在だった。

幼いころはそのことが悲しくて、なんとか両親の気を引こうとあがいたけれど、中学、高校時代にはそれさえ諦め、ただただ家族と離れ、一人で生きていくことばかりを考えていた。

金銭的には、恵まれていた家庭だったと思う。

暴力を振るわれたり、育児放棄をされたりしたわけでもない。

だけど、あからさまに美穂と差をつけられるのは辛かった。どうして私だけ愛されないんだろうって傷つくことに、疲れていたのだ。

双子なのに、同じ両親の娘なのに、何故こんなにも扱いが違うんだろう。そう思わない日はなかった。

そんな冷たい家の中、姉は、美穂だけは、私に優しかった。時折ある母のヒステリックな罵倒から庇ってくれたし、自分と妹の扱いに差をつける両親に文句を言ってくれたし、自分にだけ贈られるプレゼントの中から、一番素敵なものを私に譲ろうとしてくれた。

『志穂は、私の可愛い妹だよ』

何度そう言って、私を慰めてくれただろう。

家の外に親しい人——少ないながらも友達と呼べる人はできたけれど、もし美穂がいなかったら、私はあの家で強い孤独感に苛まれ、おかしくなっていたかもしれない。

でもそうやって美穂に庇われる度、両親に文句を言っても責められない姉の姿を見る度、苦しくもあった。自分がよりみじめに思えてたまらなかったのだ。姉との違いを、まざまざと見せつけられたような気になった。

そんな優しい姉にさえ醜い嫉妬心を抱いてしまう私と違って、美穂は心まで綺麗な人だった。楓馬さんが美穂を愛するのも当然だ。

正反対の姉の存在は、私にはあまりにも大きく、眩しすぎた。これ以上美穂への羨望が募る前に、離れた方がいいと思ったのだ。

そういう思いもあって、高校を卒業した私は、大学の近くにある古いマンションで一人暮らしを始めた。

両親は学費や生活費だけは世話してくれたものの、あとは予想通り無関心。

一方、美穂のことは手元に置きたがり、大学入学後も実家を出ることを許さなかった。思えば高校に進学した時も、美穂には熱心に有名な私立の女子高を勧め、私の進路は家の体面を傷つけなければどこでもいいといった態度だったっけ。

つくづく、あの両親にとって『可愛い娘』は美穂だけなのだと虚しくなる。

けれど、初めての一人暮らしや大学での生活はとても自由で、私の狭かった世界を広げてくれた。

地元にいたころみたいに、姉と比べられることはもうないんだと思うと、心が穏やかになった。

勉強を頑張って、バイトにも励んで、新しい友達ができて。少しずつ、自分を肯定できるようになっていった。少しずつ、前向きになれた。

あの時家を出ていなければ、私はきっと今よりもずっと暗くうじうじとした、劣等感の塊になっていたと思う。

一人暮らしを始めてからも時折、美穂や楓馬さんから「久しぶりに三人で会わないか」「一緒に食事に行かないか」と誘われることがあった。

あの二人だけは、家を離れて一人暮らしをしている私を気遣ってくれたのだ。

嬉しかった。けれど私はそれを、学業やバイトを言い訳にして断り続けた。二人と会ってしまえばまた、楓馬さんへの想いや美穂への嫉妬が再燃してしまうと思ったから。

だから実家にもほとんど帰らなかった。

そうして時が経てば、いずれ楓馬さんへの想いも薄れ、穏やかな気持ちで二人の結婚を祝福できると信じていた。

三　運命が変わった日

家族とも、楓馬さんとも離れて暮らす日々は平穏そのものだった。美穂や楓馬さんとは連絡を取り合っていたし、美穂とはたまに二人で会うこともあったけれど、やはり物理的な距離を置いて正解だったのだろう。前ほどの激しい嫉妬に苦しむことはなかった。

けれどある日突然、私の平和な日常は一変する。

あれは大学を卒業し、都内にある中小企業に勤め出してもうすぐ一年が経とうかという三月のこと。

私は美穂から「どうしても二人きりで会って話したいことがある」と呼び出された

のだ。

当時、美穂は就職せずに実家で花嫁修業という名の家事手伝いをしていた。これはいよいよ二人の結婚が決まった報告でもされるのだろうかと、私はちくりと痛む胸を抱え、指定された待ち合わせ場所に向かった。

二人が結婚するのは、わかりきっていたことだ。

なのに、まだ胸が痛むなんて……

未だ楓馬さんへの想いを捨てきれない自分に嫌気がさす。こんな状態で、美穂に笑って「おめでとう」と言えるのだろうか。

そんなことを考えながら歩いている間に、美穂との待ち合わせ場所である喫茶店に着いた。

今風のカフェではなく、昔ながらのレトロな純喫茶。高校生のころ、楓馬さんと美穂と私の三人で映画や買い物に行った時、よくここでお茶をしたっけ。

二人と距離を置いてからまったく来なくなったので、この店に入るのは約五年ぶりだ。

懐かしく思いつつ、あのころと変わっていないメニュー表を眺める。

愛らしい雰囲気に反して甘いものが苦手な美穂は、ここではいつもホットコーヒーをブラックで飲んでいた。きっと今日もそうするのだろう。

そして……

(楓馬さんは、ここのココアとホットケーキが大好きだった)

美穂とは逆に、彼は甘いものに目がなかった。

『普段は恰好をつけてコーヒーを飲んでいるけど、本当はココアの方が好きなんだ』

照れ臭そうに笑い、甘いココアに舌鼓を打つ楓馬さんが可愛くて、胸がキュンと高鳴ったことを、鮮明に覚えている。

(楓馬さん……)

彼はいよいよ手の届かない人になるのだ。

私は楓馬さんが好きだったココアを頼み、彼との結婚の報告に来るであろう美穂を待った。

「………?」

けれど、約束の時間を過ぎても美穂は来なかった。

メールをしても返事がなく、電話を入れても繋がらない。

(どうしたんだろう……?)

何かあったんだろうか?

なんだか、妙な胸騒ぎがする。

不安を覚えながら、一時間ほど待っていただろうか。

二杯目のココアを頼むべきか悩む私のスマートフォンに、着信があった。

一瞬、美穂からの連絡かと思ったけれど、液晶画面に表示された着信相手の名前は『三柳楓馬さん』で、とるのを躊躇(ためら)ってしまう。

(…………何かあったのかな?)

どうして、楓馬さんが私に電話を?

しかも、なかなかコールが鳴りやまない。緊急の用なのだろうか?

「……はい、もしもし」

私は逡巡(しゅんじゅん)の末、その電話をとった。

『志穂!? 今どこにいる!? 美穂が、美穂が……っ!』

薄い機械の向こう側から、切羽(せっぱ)詰まった声が響く。

『美穂が、さっき、事故に遭(あ)って……』

「え……」

それは、突然の訃報(ふほう)を知らせる電話だった。

美穂は私に会いにくる途中で、交通事故に遭(あ)ったのだという。

横断歩道を渡っていた時、信号無視の大型トラックが突っ込んできて、はねられた。

そして搬送された病院で息を引き取ったのだと、楓馬さんは言う。

(うそ……)

私は、彼の話をすぐに呑み込むことができなかった。

だって信じられなかったのだ。

姉が、こんなにも突然、この世を去ったなんて。

『今からそっちへ迎えに行く！　一緒に病院に行こう』

楓馬さんはそう言って電話を切った。

（美穂が、死んだ……？）

私は呆然と、通話が切れたスマホの画面を見つめる。

今朝、モーニングコールと称して「今日、絶対に来てよ！」と電話をかけてきた美穂。

（もしかしてあれが、私が聞いた美穂の最後の声になるの？）

「いや……、信じたく、ない……」

美穂が死んだなんて、そんなのうそに決まっている。

「……………………」

どれくらい、そこでぼうっとしていただろう。

しばらくして、電話で話した通り楓馬さんが迎えに来てくれた。

「志穂……」

「楓馬さん……」

彼と直接顔を合わせるのは、数年ぶりのことだった。

ただ、美穂が時々二人の写真付きで近況を送ってくれていたからか、あまり久しぶりという感じがしない。

「志穂、行こう。美穂が待ってる」

「……はい……」

写真では美穂の隣で幸せそうに笑っていた楓馬さんが、蒼白（そうはく）な顔で私の手をとった。

ついさっきまで、「次に楓馬さんと会うのは、美穂との結納の席かな。それとも、その前に両家揃って食事会かな」なんて思っていたのに。

どうして私達は、こんな形で再会しているんだろう。

どうして、病院なんかに行かなきゃいけないんだろう。

（誰か、これは全部うそだって、夢だって言って）

まだ現実を受け止めきれないでいる私を支え、楓馬さんは病院に連れていってくれた。

楓馬さんだって、最愛の婚約者を亡くしてショックだったろうに。

そうして二人で病院に着き、向かったのは一般の病室ではなく、病院の地下にある霊安室。

初めて訪れたその場所は、微かに線香の匂い――死の匂いがして、背筋にぞくっと冷たいものが走ったことを覚えている。

そこにはすでに連絡を受けた両親が来ていて、白い布に覆（おお）われた美穂の遺体を前に泣いていた。

「美穂、どうして……。美穂ぉ……っ」

「くそっ、もうすぐ楓馬くんと結婚って時に……」

母は何度も美穂の名を呼んでは啜(すす)り泣いている。

父は、悲しんでいるというよりは、悔しがっているように見えた。あの人にとっては娘の死よりも、それによって大企業との縁が絶たれてしまうことの方が痛手だったのかもしれない。

（……美穂……？）

あの白い塊(かたまり)は、本当に美穂なんだろうか。

何かの間違いなんじゃないだろうか。

この期に及んでもまだ、私には美穂の死が信じられなかった。

きっと悪い夢を見ているだけ。目が覚めたらまたあの待ち合わせ場所の喫茶店に行き、そうして久しぶりに会う美穂に「変な夢を見ちゃった」と話すんだ。

美穂が事故に遭(あ)う夢だった、悪い夢だったと。

美穂は笑いながら、「やだ、私を殺さないでよ」と言う。

そして、「楓馬さんとの結婚式の日取りが決まったの」と、幸せいっぱいの顔で報告してくれるんだ。そうに決まっている。

この時の私はそんな空想を思い描くことで、耐えがたい現実から逃れようとしていたのかもしれない。

「……志穂……」

私と楓馬さんの姿に気づいた母が、涙で真っ赤になった目を見開いて、私を見た。

母とも父とも、顔を合わせるのは数年ぶりのことだったけれど、懐かしさを感じる余裕なんて、この時の私にあるはずもなかった。

「どうして……ッ」

「お母さん、あの……」

「どうしてあんたが生きてて美穂が死ぬの!!」

「……っ」

母の絶叫に、びくっと身が竦む。

私を見る母の目は、親が子に向ける眼差しじゃなかった。

「おばさん、それはあまりにも……」

「楓馬くんは黙ってて！　美穂はあんたに会いに行って死んだ！　あんたに会いに行かなければこんなことにならなかったのに！　どうして美穂が死ななきゃいけないのっ！　どうして！　あんたが……っ」

楓馬さんの制止を振り切って、母が私に詰め寄る。

そして鬼のような形相で、泣きながら何度も何度も私の胸を叩いた。

「あんたが死ねばよかったのに！　美穂の代わりに、あんたが!!」

「やめろっ！　志穂は何も悪くないだろう！」

見かねた楓馬さんが、私から母を引き剥がす。

「放して！　放してぇ!!」

狂乱した母が暴れ、楓馬さんだけでは手が足りず、父も加わって母を拘束した。

（お母……さん……）

何度も何度も、容赦なく叩かれた胸が痛い。

でもそれ以上に、心が痛かった。

（どうして……っ）

自分は愛されない子どもだと、わかっていた。

わかっていたけれど。まさか、こんな……っ。

美穂の代わりにお前が死ねばよかったのだと言われるほど、疎まれているとは思わなかった。

……ううん、本当は薄々わかっていたのかもしれない。無関心な父はともかく、母は私を心底嫌っているって。わざとらしく美穂と差をつけられる度に、美穂と比べて不出来な子だと言われる度に、母の目に宿る嫌悪感に気づいていた。

ただ認めたくなくて、目を逸らしていただけだ。

（お母さん……っ）

「美穂、美穂ぉおおっ！　美穂を返して！　私の娘を返して!!」

楓馬さんと父、二人がかりで押さえつけられながらなお、母は私を睨んで絶叫する。

私は、どうしてここまで、母に憎まれているんだろう。

どうしてここまで、母に愛されないんだろう。

わからない。わからない。……けれど、たぶん、母の言う通りなのだ。

母の言う通り、美穂ではなく、私が死ぬべきだった。

両親に愛され、期待されていた美穂。

楓馬さんに愛され、幸せな人生を歩むはずだった美穂。

どう考えても、生きるべきだったのは美穂だ。

「ごめんなさい……っ、ごめんなさい……っ」

私は泣きながら、美穂と、両親と、楓馬さんに謝った。

私が美穂からの呼び出しを断っていれば、会おうとしなければ、美穂は死ななくて済んだかもしれない。

（私が……全部、悪いんだ……）

後日、美穂の葬儀が執り行われることになった。

愛娘を突然亡くした母はすっかりまいってしまい、精神的に不安定になっていたので、葬儀の準備は父と、父が手配した葬儀社のスタッフの手で進められていく。

そして美穂の遺体が戻ってきた翌日の夜。実家ではなく葬儀社が所有する斎場で、美穂の通夜がしめやかに営まれた。

葬儀社のスタッフ達の手で用意された祭壇には、美穂が好きだった淡いピンクの薔薇を中心に、パステルカラーの花々が可愛らしく飾られている。

お葬式というと菊の花というイメージが強かった私は、そのとても立派で華やかな祭壇に驚いた。なんだか、結婚式の会場装花みたいだった。

あんな事故にさえ遭わなければ、美穂はきっとこんな花に囲まれて、素敵なウエディングドレスを纏い、楓馬さんの隣で笑っていただろう。

祭壇の中心に据えられた遺影の、幸せそうに笑う美穂を見ると、悲しくて切なくて、胸が詰まる。

（美穂……。二人の結婚式に着ていくドレスじゃなくて喪服を買うはめになるなんて、夢にも思わなかったよ……）

私はそう、心の中で遺影の美穂に語りかけた。

親族の葬儀に出るのはこれで二度目だ。一度目は私達が高校一年生に上がったばかりのころにあった、父方の祖父の葬儀。あの時には高校の制服で参列したけれど、社会人となった今ではそういうわけにもいかず、慌てて一式揃えた。

初めて喪服を着るのが双子の姉の葬儀だなんて、誰が予想できただろうか。

時間がなくて適当に選んだ、七分袖ワンピースとノーカラージャケットがセットになったブラックフォーマル。値段を見ずに買った喪服は高価なだけあって仕立てが良く、肌触りの良さがかえって落ち着かない気分にさせる。

「ううっ……、美穂、美穂ぉ……」

お坊さんの読経が響く中、隣に座る母はハンカチを手にずっと啜り泣いていた。

泣いているのは母だけじゃない。美穂の通夜には、生前の交友関係の広さを表すようにたくさんの弔問客が訪れていた。

学生時代の友人や、習い事で知り合ったお友達。多くの人が泣いて、美穂の死を悼んでいる。

中にはどういう関係かわからない、年配のご婦人や中年の男性もいた。

ぱっと目に留まったのは、四十代くらいに見えるがっしりとした体格の男性だ。悲痛な表情で拳をぎゅっと握り、涙を湛えた瞳で美穂の遺影を見つめている。

学生時代の恩師、だろうか。もしくは、美穂は花嫁修業の一環で様々な習い事に通っていたので、その繋がりかもしれない。

(……もし、死んだのが私だったら……)

こんなにたくさんの人が、自分の死を悲しんでくれるだろうか。

ふいに、そんなことを考える。私にも友人はいるけれど、美穂には遠く及ばない。

そもそも私が死んだところで、家族は、母は泣きもしないだろう。

（ああ……）

こんな時にまで美穂と自分を比べて、嫉妬してしまうなんて。

私はどうしてこんなに嫌な人間なのだろう。

死んだ人間を羨む自分の心の醜悪さが、大嫌いだ。

（やっぱり、美穂じゃなくて私が死んだ方がよかったんだ……）

私が代わりに死ぬので美穂を返してくださいと言ったら、神様は美穂を返してくれるだろうか。

焼香を済ませた弔問客に機械的に頭を下げながら、私は通夜の間ずっと、私の命を代償に美穂が帰ってくる空想を思い浮かべていた。

その後、なかなか途切れることがなかった弔問客の焼香がやっと終わり、喪主である父の挨拶のあと、通夜振る舞いの席に移動することになる。同じ建物の中に会場があって、その席には葬儀社の人達が手配してくれた料理や飲み物が並んでいるはずだ。

遺族はここで参列者に挨拶をしたり、お酌をして回ったりしなければならないらしい。

だが母は、葬儀社のスタッフに案内されて弔問客の人達が移動したあとも、席を立とうとはしなかった。

「お母さん、そろそろ移動しないと……」

座ったまま泣き続けている母に、おずおずと声をかける。

一方、不機嫌な表情で母を見下ろす父は、冷たく言い放った。

「恭子、悲しいのはわかるがいい加減にしなさい。いつまでも泣き喚いて、みっともない」

「お父さん、そんな言い方しなくても……」

「フン。葬儀には俺の会社関係の人間も来ているんだ。恥ずかしい姿を晒されるのは困る。さあ、立ちなさい」

「なっ……」

父はそう言い捨てて、喪服に身を包んだ母の腕を掴み、無理やり立たせる。

「やめてお父さん」

「うるさい！　いいか、恭子。どんなに泣いたって、美穂はもう帰ってこないんだ！　いい加減に諦めろ！」

「っ、あっ、ああああああっ……！」

絶叫する母の瞳から、涙がぼろぼろと零れる。

美穂が死んだ日からずっと、母の涙は涸れることがない。

あんなに泣いて大丈夫なのかと思うくらい、泣き通しだ。

そして、泣きすぎて真っ赤に腫（は）れた目で、自分を無理やり立たせる夫ではなく、その隣でどうしていいかわからず困惑している娘の姿を捉えた。

「おか――」

「あ……んた、あんたが……ッ」

獣の唸（うな）り声のような呟きが聞こえたかと思うと、次の瞬間、私の頬に衝撃が走る。

「……あ」

「恭子！」

父の腕を振りきった母が私を平手でぶったのだと、遅れて気づいた。

容赦（ようしゃ）なく張られた頬が、ジンジンと熱を持っている。

でもその痛みよりも、母に向けられた眼差（まなざ）しの方が、ぶつけられた言葉の方が、ずっとずっと残酷に私の心を突き刺した。

「なんであんたが生きていて美穂が死んでるの！　美穂、美穂、美穂！　美穂の代わりにあんたが死んでよ！　美穂を返して!!」

「やめろ恭子！　こんなところで騒ぐな！　俺が恥をかくだろうが！」

「あなたはいつも自分のことばっかり！　美穂の縁談だって、会社のためにっ」

「黙りなさい！　楓馬くんとの縁談はお前も喜んでいただろう！」

（あ……はは……っ。ははは……）

私の顔を見ては、何度も何度も美穂の代わりにお前が死ねと言ってくる母。

家族を思ってではなく、自分の体面のために母を止めようとする父。

誰も、私のことなんて考えてない。

これが、私の家族。こんな、こんな……っ。

（……なんで私、こんな思いをしてまで生きてるんだろう……）

もう、死んでしまおうか。

妄想と違って、私が死んでも美穂は帰ってこないだろうけど、母がそんなに私の死を願うなら、叶えてやってもいい。

（だって、なんだかもう、疲れた……）

「志穂、お前は先に帰りなさい」

「………えっ？」

母と罵り合っていた父が、突然私に言い放った。

「そんな顔で人前に出るな。何があったのかと邪推されたら困る」

それに、私がいると母がまた暴れ出すかもしれない。そう言って、父は私に再度「帰れ」と命じた。親戚や弔問客には、体調不良で下がらせたと説明するからと。

（……ああ、そうか）

一瞬でも、私のことを心配してくれたのかと思った自分が馬鹿だった。

父はあくまで、自分の面子のために私を帰らせようとしているだけだ。

「わかり、ました……」

私は父に言われるがまま、斎場を出た。

「あ……っ」

扉を開けると、葬儀社の人が気まずげな顔で立っている。おそらくなかなか通夜振る舞いの会場に現れない私達を呼びに来て、母の絶叫や父の罵声を聞いてしまったのだろう。

そして私が母に殴られ、父に帰れと言われた現場も見られたかもしれない。

（きっと、ひどい修羅場だと思われただろうな）

「ご面倒をおかけして、すみません。父と母は、そろそろ会場に行くと思うので……」

私はそれだけ言って頭を下げ、通夜振る舞いの会場とは反対方向の、建物の出入り口に向かう。

鏡を見ていないのでわからないけれど、この熱の持ちようからして、母にぶたれた頬は赤く腫れているだろう。確かに父の言う通り、今の顔で通夜振る舞いの会場に行けばあれこれ詮索されるに違いないし、私自身、今の顔を人に見られたくない。

だって、「自分は両親に愛されない子どもだ」と、喧伝しているようなものじゃないか。

（……帰ろう……。私の、家に……）

誰も私を害さない、あの狭く居心地の良い部屋に早く帰りたい。

そう思った時――

「志穂？　どこに行くの？　おじさんとおばさんは……」

背後から、今一番会いたくない人の声が響いた。

（楓馬さん……）

彼は他の弔問客達と同じく、先に通夜振る舞いの会場に移動していたはずだが、私達家族の様子を見に戻ってきたのだろうか。

「志穂、どうしたの……？」

私は後ろを振り向かないまま、楓馬さんの問いに答えた。

「両親はまだ斎場にいます。私はちょっと、用事ができて……」

まさか母に殴られ、父に帰れと命じられたなんて話せなくて、適当に誤魔化す。

「用事？」

でも彼はそれだけでは納得してくれず、訝しげに呟き、こちらに近づいてくる。

いけない。彼に、こんな顔を見られたくない。

そう思い、足早に外へ出ようとしたけれど、それより早く楓馬さんに手をとられる。

「待って。用事なら、俺も付き合うよ。こんな時間に一人で出歩くのは危ない」

彼は隣に並んで、それから、私の顔を見た。

「……っ」

私は殴られた頬を咄嗟に手で隠し、俯く。

「その頬……」

けれど、楓馬さんは気づいてしまったようだ。

「誰に、叩かれたの。もしかして、おばさん……？」

楓馬さんは数日前、霊安室で私を責める母の姿を目にしている。

だから、母の仕業だとすぐに察したのだろう。

私は無言のまま、もう隠す意味はないと、頬に当てていた手を下げた。

「ひどいな……」

彼は痛ましげな顔で私を見つめる。

そして私の頬に触れようとして、その寸前で手を止めた。

触れれば私が痛がると思ったのかもしれない。

「……母は、美穂を亡くして……少し、おかしくなっているんです」

だから、仕方ない。気にしていないと、私は無理やり笑顔を作って言った。

母を庇ったわけじゃない。これ以上、優しい楓馬さんの心を煩わせるのが忍びなかったのだ。

「だからって、志穂を責めるのは間違ってる。志穂は何も悪くないのに」

「楓馬さん……」

そう言って、楓馬さんは慰めるみたいに、私の頭を撫でてくれた。

そういえば昔、美穂と一緒に彼に勉強を教わっていた時、問題に正解するとよく「えらい、えらい」って、こんな風に頭を撫でてくれたっけ。

（………っ）

切なくて、でも幸せだったころの思い出が過り、涙が出そうになる。

あの時一緒にいた美穂は、もう……いないんだ。

「……あ、あの、私、こんな顔なので」

私は泣くのを堪え、父に命じられたとは言わず、この顔を他の人に見られたくないから今日はもう家に帰ると話す。

「その方がいいかもしれないね。あ、そうだ。ちょっと待っていて」

何か考えついた様子の楓馬さんは、近くの男子トイレに入っていった。

そしてほどなく、濡らしたハンカチを手に戻ってくる。

「これで冷やしておこう。少しは痛みや腫れが楽になると思う」

「ありがとう、ございます」

「これくらい、なんてことないよ。……離れずに、傍にいればよかった。そうしたら、志穂に痛い思いをさせずに済んだかもしれないのに」

「楓馬さん……」

彼の優しい言葉がボロボロの心に染みて、我慢していたはずの涙が溢れてくる。

楓馬さんは、美穂が私に会いに行く途中で事故に遭ったと知っても、一度も私を責めなかった。

本当は辛いだろうに、悲しいだろうに。それを律して、私や両親を気遣ってくれる。

「……さ、帰ろう。今日は車で来ているから、俺が家まで送っていくよ」

楓馬さんの車に乗せられて、私は斎場をあとにした。

向かうのは実家ではなく、五年間一人暮らしをしている狭いマンションだ。

実家はもう、『私の家』ではないから。

明日の葬儀のことを考えたら実家にいた方がいいのかもしれないとも思ったが、私が使っていた部屋は母と美穂の衣裳部屋にされていて、寝る場所がない。美穂の部屋は……きっと、母が立ち入ることを許さないだろう。

マンションまでの道すがら、私はずっと嗚咽していた。

頬を冷やすために貸してもらったハンカチで、次から次へと零れる涙を拭う。

通夜の間も、母に責められた時もずっと堪えていた涙は、一度堰を切ったとたん、止まらなくなっていた。

「ごめんなさい、ごめんなさい……っ」

「志穂……」

「わたっ、私が……死ねばよかった。美穂じゃなくて、私が……っ」

ああ、いやだ。涙と一緒に、泣き言まで零してしまう。

「そんな悲しいこと、言わないでくれ」

「でもっ……」

「俺は、志穂に死んでほしくない。……あの事故に志穂まで巻き込まれなくて、本当によかったと思っている」

「……っ」

「君が生きていてくれて、俺は嬉しい」

(楓馬さん……)

嬉しかった。

たとえそれが泣きじゃくる私を宥めるためだけの、本心からの言葉ではなかったのだとしても、私は嬉しかった。

私はまだ、生きていていいんだと思えたのだ。

それからも楓馬さんは言葉を尽くし、信号で停まった時などは私の頭を撫でたり、ぎゅっと手を握ってくれたりして、真剣に慰めようとしてくれた。

（ありがとうございます。楓馬さん……）

もし彼に送られていなかったら、私は衝動的に死を選んでいたかもしれない。

この日、楓馬さんは間違いなく、私の心と命を救ってくれた。

やがて、私達を乗せた車はマンションの駐車場に到着する。

「部屋まで送るよ。何階？」

「三階です……」

楓馬さんに肩を支えられ、エレベーターに乗り込んだ。

私が住んでいるのは、最寄り駅から徒歩八分という好立地にある五階建てのマンション。部屋の間取りは1LDKで、一人暮らしには十分な広さだ。その割に家賃が安いのは、築年数が古いから。でも私は、年季の入った外観も内装も気に入っている。

何よりここは、私が生まれて初めて手にした心から安らげる自分の家なのだ。

これまで何度か美穂が訪ねてくることはあったけれど、楓馬さんが来るのは今回が初めて。

わざわざ送ってもらったのだから、このまま帰すのは失礼に当たるだろうか。

インスタントコーヒーくらいしかないけれど、お茶をごちそうすべきだろうか。

泣きすぎてぼうっとする頭でそう考えつつ、いつか美穂にお土産でもらったウサギのキーホルダーをつけた鍵で扉を開け、楓馬さんを招き入れる。

すると突然、彼に後ろから抱き締められた。

(え……？)

バタン、と、私達の背後で扉が閉まる。

大人二人が立つには少しばかり狭い玄関で、私はどうして、楓馬さんに擁かれているんだろう。

「……志穂、ごめん……」

私をぎゅうっと抱き締めながら、彼は囁くように言った。

何故、楓馬さんが私に謝るの？

謝らなければならないのは私の方だ。

私に会いに来ようとして、美穂は事故に遭った。

彼が最愛の人を喪ったのは、私のせいだ。

今だって、わざわざ家まで送らせてしまって、さんざん慰めさせてしまって、迷惑をかけている。

なのに、どうして……？

(楓馬さん……？)

ふいに拘束が緩み、私は後ろを振り返る。

私を見つめる楓馬さんの瞳は、とても苦しそうに見えた。

「…………」

「…………」

気がつくと、私達はどちらからともなく唇を合わせていた。

私にとっては初めてのキス。夢に見るばかりだった、憧れの人との口付け。

でも、どうして……

（どうして私、楓馬さんとキスをしたんだろう……）

「なんで……？」

思わず口に出すと、楓馬さんはきゅっと眉間に皺を寄せ、「ごめん……」と呟いた。

そして踵を返し、部屋の外へ出ていこうとする。

「待って」

私は咄嗟に彼の腕をとり、引き止めてしまった。

「行かないで……」

何をしているんだろう、私は。

楓馬さんは美穂の婚約者なのに。美穂を、亡くしたばかりなのに。

そう、冷静に自分を戒める自分がいる。

でも一方で、楓馬さんを帰したくない。まだ一緒にいたいと思う自分もいて……

「これ以上、一緒にいたら、俺は……君を……」

引き止める私に、楓馬さんは苦しげな表情でそう言った。

なんとなく、私にもわかっている。

彼が今、私に何を求めているのか。

私が今、彼に何を求めているのか。

そして自分の選択が、私達に何をもたらすのか。

わかっていて、それでも私は……

「行かないで……」

「本当に、わかっているの……？」

ええ、ちゃんとわかっている。

美穂の代わりでもいいの。代わりでも、いいから……っ。

（私を、一人にしないで……）

私はこの時、自分で思うよりずっとずっと弱っていたのだと思う。

そして、目の前の温(ぬく)もりに縋(すが)ってしまった。

一人には慣れていたはずなのに、ひとりぼっちになるのが怖くて寂しくてたまらなかったのだ。

もしかしたら楓馬さんも寂しくて悲しくてたまらなくて、美穂によく似た私を求めてくれたのかもしれない。

それなら、私も彼を慰めてあげたい。楓馬さんが、私にそうしてくれたのと同様に。

「志穂……」

いいのか？　と問われた気がして、こくんと頷く。

すると楓馬さんは壊れ物に触れるように、そっと抱き締めてくれた。

（あったかい……）

この温もりに包まれている間だけは、美穂の死も、両親の心ない言葉も、向けられた憎悪も、全部忘れられる気がした。

「……んっ」

楓馬さんの胸に抱かれて安らいでいたら、ふいに顎をとられ、上を向かされる。

それから唇にキス。

最初、お互いの唇を合わせるだけだった口付けは、すぐに深いものに変わる。

「……あっ」

彼の舌が優しく私の唇を開いて、中に入ってくる。

それが映画やドラマで見たことのある大人のキスだと気づいたのは、楓馬さんの舌が私の舌に絡みついてきてからだった。

「んっ、んんっ……」

キスは元より、自分の口の中を誰かに舐め回される経験なんてなかったため、最初はびっくりした。

でも不思議と嫌ではなく、気持ちが昂ってきて、いつの間にか私も、どうしていいかわからないなりに舌を動かしていた。

「は……っ、ぁ……あっ……ん」

何度も角度を変えて、お互いの唇を貪り合う。

楓馬さんとするキスは、とても気持ち良かった。

「……はぁ……っ」

やがて、長い長い口付けの時間が終わったかと思うと、彼は自分の靴を脱ぎ、私の足からも黒いパンプスを脱がす。

そして私は楓馬さんに抱き上げられ、右手奥にある寝室へと連れ込まれた。

ＬＤＫとは引き戸で隔てられている寝室には、狭いシングルベッドが置かれている。

彼は片手で私を支え、片手でベッドの布団を床に落とし、ナチュラルベージュのシーツの上に私をそっと寝かせた。

「志穂……」

楓馬さんが私の上に覆い被さるようにベッドに上がってくる。

狭いシングルベッドが二人分の重みを受けて、ギシッと軋(きし)んだ。

「ん……っ」

殴られていない方の頬をそっと撫(な)で、彼は優しく私の唇に口付ける。

触れるのみの軽いキス。それは唇だけでなく、涙に濡(ぬ)れた目尻やまぶた、額(ひたい)にも落とされていった。

そうしてたくさんキスをしながら、楓馬さんの手が私の肩や胸、腰や太ももを撫(な)でていく。

私はされるがまま、彼に与えられる感触に酔(よ)い痴(し)れていた。

くすぐったくて、気持ち良い。

でも、喪服の厚い生地に邪魔されて、もどかしい。

そう思っていたのは私だけではなかったらしく、首筋にちゅうっと吸いつきつつ太ももを撫(な)でていた楓馬さんが、私の上半身を起こし、ジャケットに手をかけた。

私はさして抵抗することもなく、服を脱がされていく。

最初はジャケット。それから後ろを向いて背中のホックを外してもらい、ワンピースのジッパーを下げられた。

ぱさりと音を立てて、黒いワンピースが床に落ちる。

残るのは黒いスリップと、薄い黒のストッキング。そして上下黒で揃えた下着。

美穂の死を悼む装いが、一つ一つ、楓馬さんの手で脱がされていく。

「綺麗だ……」

生まれたままの私の姿を見た楓馬さんが、ぽつりと呟いた。

私を見つめる彼の目には、欲情の色が浮かんでいる。

そのことに少しの恐れと、それ以上の安堵を覚えた私は自分から楓馬さんに口付け、彼がそうしてくれたように、喪の色に包まれた彼の服に手をかけた。

黒いスーツのジャケットを脱がせて、床に落とす。

それから黒いネクタイも外して、同じように放った。

でも、私ができたのはそこまで。

楓馬さんは私の手を掴むと、「もういいよ」と言うみたいにキスで口を封じ、再び押し倒してくる。

「あっ……」

彼は襟元のボタンを外してくつろげながら、私の胸の頂に吸いついてきた。

そこをそんな風にされるなんて、もちろん初めてで、未知の感覚にドキッとする。

「んんっ……」

ちろちろと、舌先で頂を転がされるのがくすぐったい。

だけどくすぐったいだけじゃなくて、なんだろう……。弄られているのは胸なのに、下腹の奥がきゅんと疼く。

「あっ……ああっ……」

初めての感覚に戸惑い、溺れつつある私の身体を、楓馬さんは丹念に愛撫してくれた。

彼の手で、指で、舌で、唇で触れられる度、私の肌は熱を持つ。

熱は少しずつ高まって、身体の奥に炎が灯る。炎は次第に大きくなる。――そんな感覚だった。

「楓馬さ……っ」

「志穂、可愛い……。ここ、もう濡れているよ」

太ももに口付けていた楓馬さんが顔を上げたかと思うと、彼の手が秘裂に触れる。

「ひゃぁ……っ」

楓馬さんの言う通り、そこは汗とは違うものでしっとりと濡れていた。

(は、恥ずかしい……)

彼に自分の痴態を指摘されて、無性に恥ずかしくなる。

でも、やめたいとは思わなかった。

恥ずかしいとか考える余裕もないくらい、嫌なことを全部忘れるくらい、彼にめちゃくちゃにされたかったのだ。

「んぅ……っ」

そんな私の心境を知ってか知らずか、楓馬さんは私の秘所に顔を埋め、唇と舌で攻め始めた。

「あっ、ああっ……」

恥ずかしいし、こんなことを彼にさせてはいけないとも思う。

だけど、秘裂を舌で割られ、形をなぞるように舐められ、硬く主張し始めている小さな花芽を舌先で突かれるのは、たまらなく気持ち良かった。

「あ……んっ、ああっ……」

じゅぷっ、ちゅぷっという水音が響いて、自分の蜜壷が次から次へと蜜を滴らせていることがわかる。

背筋をぞくぞくっと快感が走り抜け、熱が高まっていく。

気持ち良い、気持ち良い。

頭の中がそれ一色に染まって、そして——

「あっ、ああっ……！」

私は生まれて初めて、絶頂という瞬間を経験した。

「はあ……っ、はあ……」

「志穂」

果ての余韻に浸る私の名前を、楓馬さんが優しく呼んでくれる。

彼の声が好きだ。名前を呼ばれると、それだけで胸が高鳴り、嬉しくて、泣きそうになる。

(楓馬さん……)

彼は「よくできました」と言わんばかりに、私の頭を優しく撫でてくれた。

それから、たっぷりと蜜を溢れさせた秘所に触れてくる。

「んん……ッ」

楓馬さんの指がくぷ……っとナカに沈められる。

最初は一本、それからだんだんと指が増やされて、硬かった蕾を解されていく。

「志穂……っ」

「あ……っ」

彼の丁寧な愛撫を受けながら、私は楓馬さんが徐々に昂ってきていることを感じていた。

彼も私を求めてくれているんだと、嬉しく、誇らしくなる。

「楓馬さん……」

今はまだ、何も考えたくない。

楓馬さんが与えてくれる快楽だけ、感じていたい。

辛いことも悲しいことも全部忘れたい。

一時の虚しい逃避だとわかっていても、止められなかった。

やがて、楓馬さんが私の身体から身を離し、自らのベルトに手をかける。

私は少しの不安と期待を胸に、その時を待った。

前をくつろげ、下着をずり下ろし、露わになった彼自身は思っていた以上に大きく、少々グロテスクで、驚いてしまう。

でも、ここでやめる選択肢は私の中に存在していない。

「志穂……」

繋がる寸前、楓馬さんは私の頬にキスをくれた。

それが唇でなかったのは残念だけれど、私の秘所を唇で愛撫したあとだったから、気遣ってくれたのかもしれない。

頬へのキスを合図に、楓馬さんが屹立した自身を私の秘裂に宛がう。

「んっ……」

これまで誰にも暴かれていなかった場所の入り口に、彼の生身の熱を感じる。

それが嬉しくてたまらなくて、私はこの先どんな痛みが襲ってきても耐えられると思った。

そして、私の太ももを掴んだ楓馬さんがゆっくりと腰を押し進めてくる。

「っ、あっ……うああ……っ」

「くっ……。きっつ……」

丹念に解されていたとはいえ、初めて男性を受け入れる私の秘裂はまだ硬く、押し込まれる度に肉を割られるような苦しさと痛みがあった。

私はぎゅううっとシーツに爪を立て、襲い来る衝撃に耐える。

涙が出るほど痛い。すごく痛い。

でも、痛いくらいがちょうどいい。

私は今、許されないことをしているのだから。

身体を引き裂かれるほどの痛みがあってしかるべきなのだ。

「……志穂、全部入ったよ」

どれくらいの間、痛みに耐えていただろう。

楓馬さんに言われ、いつの間にかぎゅっと瞑っていた目を開けて視線を下に向ければ、私は彼自身を根元まで受け入れていた。

すごい、本当に入った……と、最初は妙な感動を覚えた。

それから、好きな人と繋がれたことが嬉しくて、泣きそうになる。

「動いても、大丈夫……?」

「はい……」

本当はまだ痛かったし辛かったけれど、私はこくんと頷いた。

これまでたくさん気持ち良くしてくれて、幸せな気分を味わわせてくれた分、今度は楓馬さんにもいっぱい気持ち良くなってほしかった。

好きに動いてくれて構わない。乱暴にしてくれてもいい。

なかば本気でそう思っていたのだけれど、楓馬さんはどこまでも優しかった。

私を気遣うように、彼はゆっくりと腰を動かす。

それから、私が快感を覚えるポイントを見つけてはそこを重点的に攻めて、一緒に気持ち良くなろうとしてくれた。

初めての交わりで、こんなに気持ち良くなってしまう私はおかしいのかもしれない。

そう感じながらも、私は楓馬さんが与えてくれる官能に溺れた。

「あっ、あああっ、あっ、あっ……ん」

鼻にかかったような嬌声（きょうせい）が止まらない。

自分の口からこんな甘い声が出るなんて、信じられなかった。

「あっ……も、もう……っ、だめっ……」

先に限界を迎えそうになったのは私だ。

イイところを何度も突かれ、再び快楽の極みへと押し上げられる。

「あっ、あっ、ああっ……」

「志穂、志穂……っ」

私を呼ぶ彼の声が徐々に切羽詰まっていって、無性に愛おしく思えた。

「っ、あっ、ああああっ……！」

悲鳴じみた嬌声を漏らし、果てる。

その時、無意識に力が入って、楓馬さんの剛直をキュウッと締めつけたのがわかった。

「く……っ」

その感触が決め手となったのか、彼はこれまでとは一変して激しく腰を打ちつけてくる。

そしてほどなく、楓馬さんは私のナカから自身を引き抜き、私のお腹に白濁を吐き出した。

（あ……）

自分のお腹にかけられた白濁を見た瞬間、それまで熱に浮かされていたのがうそのように、血の気が引いた。

この時、私はようやく我に返ったのだ。

（私、なんてことを……）

まさかこんなことになるとは思っていなかったから、当然、避妊具の用意などしていなかった。それどころか、こうして彼が精を吐き出すまでそのことに思い至らなかった。

私は自分が妊娠する可能性を考えず、無神経に楓馬さんに縋り、快楽を要求し、貪ったのだ。

よりにもよって、美穂の通夜の日に。

私は亡くなった姉の婚約者を……寝取った。

「ぁ……っ」

思わず顔を背(そむ)けると、その先——床の上に、二人分の喪服が落ちていることに気づく。

美穂の死を悼(いた)むための黒い服。それが無残に打ち捨てられている。

（あ……）

私の行為は、姉に対する裏切り以外の何物でもない。

しかも私だけでなく、楓馬さんにまで美穂を裏切らせてしまった。

今は何も考えたくないと、現実から逃げるための手段に、楓馬さんの優しさを利用した。

これは、絶対に許される行為ではない。

床に転(ころ)がる喪服が、まるで罪の証(あかし)のように思えた。

（ああっ……）

果てを迎え、熱病めいた興奮が冷めた今、彼は何を思うのか。

私と同様に、我に返っただろうか。

最愛の婚約者を裏切り、その妹に手を出してしまった楓馬さん。

そうさせたのは、私だ……

なんてことを。私は、なんてひどいことをしてしまったんだろう……

(ごめんなさい……。ごめんなさい……っ)

亡くなった美穂に、楓馬さんに申し訳なくて、罪悪感に押し潰されそうになる。

たまらず、私は枕に顔を伏せて泣き出す。

「……ごめん、志穂……」

楓馬さんは、そんな私の態度をどう受け取ったのか、泣きじゃくる私にどこまでも優しかった。

謝るべきは私なのに、嗚咽が止まらず言葉にできない私に、何度も「ごめん」「許してほしい」と言う。あるいはそれらは、私ではなく美穂に向けた言葉だったのかもしれないけれど。

それから、お湯で濯いだタオルで身体を拭いてくれた。また、服を着て外に出ていったかと思ったら、近くのコンビニで買ってきたというシートタイプのメイク落としで私の顔を拭い、殴られた頬に冷やしたタオルを当ててくれた。

「ごめんなさい、楓馬さん……」

いっぱい迷惑をかけて、ひどいことをして、本当にごめんなさい。

彼は帰り際、泣き腫らした顔で何度も頭を下げる私に、困ったように笑う。

「もう、わかったから。そんなに自分を責めないで、志穂」

ただ、これだけは言わせてほしいと、楓馬さんは真剣な顔で私を見据えた。

「俺は志穂を抱いたこと、後悔していないよ」

「楓馬さん……？」

あれは、どういう意味で告げられた言葉なのか。

私はあの日からずっと、その答えを見つけられないでいる。


翌日、桜井家の菩提寺で予定通り美穂の告別式が執り行われた。

私は罪悪感に押し潰されそうになりながら、いつもより重く感じる身体と痛む腰を抱え、再び喪服を身に纏い、参列した。

冷やしていたおかげで、母に殴られた頬は腫れも引き、目立たない。

ただ昨日さんざん泣いたせいで、目は真っ赤に腫れてしまっていた。

こちらも冷やしておくべきだった。

しかし、泣き腫らした私の顔は『姉の死を悲しんで泣き、憔悴しているかわいそうな妹の姿』に見えたようで、通夜の途中で帰ったことを親戚に咎められることもなく、むしろ同情された。

私は確かに、美穂の死を悲しんでいた。

自分から距離を置いたし、羨んだり、嫉妬したりすることもたくさんあったけれど、私にとって家族の情を感じられる人間は、美穂しかいなかったから。

　ずっと憧れていた。好きだった。

　でも私は、そんな大切な姉の最愛の人と……

「……っ」

　僧侶の読経を聞きながら、自分の手の甲にギリッと爪を立てる。

　姉の死を悲しむより、姉に対する後ろめたさに苦しむ自分が嫌いだ。

　葬儀の間はずっと胸が痛んだ。また合わせる顔がなくて、美穂の遺体も、婚約者として告別式に参列する楓馬さんの顔も、まともに見られなかった。それに、もし万が一にも彼の子どもを孕んでしまっていたらと思うと、怖くて、申し訳なくてたまらなかった。

　私が不安と罪悪感に苛まれる中、楓馬さんは昨日の母の暴力の件を心配してか、告別式でも火葬場でも、その後の精進落としの場でも、ずっと私の隣にいた。母が私に何か言いかけると、すかさず「おばさん」と制し、止めてくれたのだ。そしてさりげなく母と私の間に立ち、憎悪の籠った視線を遮ってくれた。

（楓馬さん……）

　おかげで昨日のような修羅場になることはなかったのだけれど、楓馬さんに気遣われる度、胸が軋むように痛んだ。

あんなにひどいことをした私を、彼は庇(かば)ってくれる。守ろうとしてくれる。

それがかえって申し訳なくて、自分にそんな価値はないのにと、身の縮む思いだった。

これならいっそ母に責められた方がマシだと、勝手な考えさえ抱いてしまう。

（ごめんなさい、ごめんなさい……）

私は心の中でずっと楓馬さんに、そして姉に謝っていた。

謝っても許されることじゃないと、わかっている。でも、謝らずにはいられなかった。

そうして、私にとって悲しみと苦しみに満ちた美穂の葬儀は、多くの人の涙と悲しみのうちに、終わりを迎えたのだった。


それからあっという間に時が経った。四十九日が過ぎ、五月になり、私は二十四歳の誕生日を迎えた。

これまではずっと美穂と一緒に年を重ねてきたけれど、これからは私一人が年をとっていくんだ。

そう思うと胸が詰まって、とても祝う気にはなれなかった。

誕生日当日。美穂の四十九日の法要以降、再び疎遠になっている両親からはもちろん連絡などない。これは喪中だからというわけではなく、元々だ。

私の誕生日を祝ってくれる人は、数少ない友人達と、美穂。それから楓馬さんだけ。

私が一人暮らしを始めて会わなくなってからも、彼は美穂を通してプレゼントとお祝いの言葉を贈ってくれていた。たぶん、美穂に贈るついでに妹にもという意味だったんだろうけれど、嬉しかったなぁ。

とはいえ今年からは、楓馬さんに祝ってもらうこともなくなる。

美穂はもういないし、私は彼に……最低な真似をしてしまったんだから。

ちなみにあの時、私は妊娠していなかった。美穂の葬儀のあと、月のものがきたのだ。

あれ以来、楓馬さんからはたまに私を心配するメールが届くものの、顔を合わせてはいない。

……正直、会いたいと思うことはある。

あんなことをしておいて、と自分でも呆れるが、私は未だに彼のことが好きだった。

でも、会うべきではない。罪を重ねてはいけない。

何よりこれ以上、自分の感傷に楓馬さんを巻き込むわけにはいかなかった。

私は早く、この恋を手放すべきなのだ。

そう、思っていたのに――

「ただいま」

今年の誕生日は平日で、私はいつも通り仕事を終えると、満員電車に揺られ、一人暮らしのマンションに帰った。

待っている人がいないのに、つい「ただいま」と言ってしまうのは実家で暮らしていたころの癖だ。昔は家政婦さんや美穂が、「おかえりなさい」と出迎えてくれた。そんなことを懐かしく思い出しながら、通勤着から部屋着に着替えて、夕飯の準備をする。

これまでの誕生日は一人用のケーキを買ったり、ちょっと奮発して有名店のお惣菜を買ってきたりしていたけれど、今年はなし。いつも通り、冷蔵庫にある食材で適当に作る。

料理をするのは好きだ。それに早くから家を出ることを考えていたので、実家で家事を担ってくれていた家政婦さんに色々と教えてもらっていた。

チラシをチェックしてお得な食材を買い、それをいかに上手く使い回すかを考えるのも楽しい。

人とは逞しいもので、二ヶ月ほど前には死にそうなほど萎れ、食欲も減退していたのに、今では普通に食べられるようになった。何かを楽しいと、感じる心も戻ってきている。

私はこれからもこうして、美穂のいない日常に慣れていくのだろう。

「……さて、と」

冷蔵庫を開けて食材を確認し、今夜のメニューを考える。

あ、そうだ。先日スーパーで買った旬の春キャベツを使おう。豆苗とニンジン、それから鯖の水煮缶があるので一緒に炒め煮にして、主菜を一品。

あと、休日にまとめて作り置きしている常備菜からもやしのナムルを副菜に出して、白いご飯とお味噌汁。お味噌汁の具は豆腐とネギにしよう。

メニューが決まったら、エプロンをつけて調理開始だ。

しかし、ちょうど食材を並べたところでピンポーンとインターフォンが鳴る。

「……?　誰だろう?」

来客の予定はなく、心当たりもない。

宅配便か何かだろうかと思ってドアスコープを覗くと、予想通り宅配業者の制服を着たお兄さんが荷物を抱えて立っていた。

扉を開け、受領印を押し、荷物を受け取る。

(誰からの荷物かな?)

送り主は……と伝票の依頼主欄を見たところで、私はぎょっとした。

「どうして、楓馬さんが」

そこに記されていた送り主の名は三柳楓馬。品名には花と書いてある。

届けられたのは、専用のボックスに入れられたフラワーアレンジメントだった。

「可愛い……」

白い編みカゴにグリーンやオレンジを基調にした花がまとめられていて、カゴの取っ手に小さなウサギのぬいぐるみがついている。

（……楓馬さん……）

いつだったか、私は彼にオレンジ系の花が好きだと話したことがあった。それからウサギも好きだって言ったこと、覚えていてくれたのかな……

母には「子どもっぽい」と顔を顰められたけれど、私は昔からウサギなどの可愛い動物が好きで、ウサギのぬいぐるみやグッズを集めていた。

（メッセージカード……？）

花とウサギを見つめていたら、花に埋もれるようにカードが添えられていることに気づく。そこには彼の字で、丁寧にメッセージが記されていた。

『今日は志穂の、二十四回目の誕生日だね。これからの一年が、志穂にとって実り多い一年でありますように。身体に気をつけて。楓馬』

喪中であるため、誕生日には定番の『ハッピーバースデー』や『おめでとう』という言葉は避けてくれたのだろう。そういう細かい気遣いも、彼らしい。

「楓馬さん……」

メッセージカードの筆跡を、指で辿る。

青いインクで書かれた文字の一つ一つに、楓馬さんの優しさが籠っている気がした。

（あんなことをしでかした私を、彼はまだ、妹として大切に思ってくれているのかな……）

それが嬉しいような、切ないような、複雑な気分だった。

そんな、なんとも心をかき乱された誕生日の数日後。

私は父に呼び出され、実家を訪れていた。

指定されたのは金曜日の夜で、仕事帰りに急いで来たというのに、父は「おかえり」と言うでもなく、「遅い」と渋面で言い放つ。

なら仕事のある日に呼ばないでほしいという文句が口から出かかったが、この人に反論すると面倒なことになるのはわかっていたので、素直に「ごめんなさい」と謝った。

早く用件を済ませて帰りたい。

久々に足を踏み入れた実家は、やはり居心地が悪かった。

夕飯は済ませたのかと聞かれることもなく、空腹を抱えたままリビングのソファに座らせられる。

向かいには父と、不機嫌そうな顔をした母が並んで座った。

いったい何の用件なのか。父がわざわざ私を呼び出すなんて、ろくでもない話に違いない。

そして私の予想は、ある意味当たっていたのだった。

「美穂に代わり、お前が楓馬くんの新しい婚約者になることが決まった」

「……は……?」

何を、言っているのだろうか。この人は。

呆気にとられる私に、父は滔々と説明する。

両家の縁談を機に、三柳建設という大企業が父の会社の後ろ盾になるはずだった。

それを見越して新しい取引を結んだり、銀行からの融資もとりつけていたのに、このままでは頓挫してしまう。場合によっては経営が悪化しかねない。それでは困るのだ……と。

私にしてみれば、娘を嫁がせられなかったくらいで傾く会社なら、遠からず潰れてしまうのではと思うのだが、父は楓馬さんとの縁談に固執しているようだった。

だからって、姉が死んだから代わりに妹の方をくれてやろうなどとは、あまりにも勝手な話じゃないのか。

父が安堵の顔で語る一方で、母は不満で仕方がないといった表情で私を睨んでいる。

昔から亭主関白な父に逆らえない母は、口にこそできないものの、可愛い娘の美穂が得るはずだった幸せを、疎ましい娘である私が手に入れるのが許せないのだろう。

「そんな……。そもそもこんな話、楓馬さんが、三柳家が受け入れるわけが……」

二人の婚約は、あくまで楓馬さんが美穂を気に入ったから結ばれたものだ。

そして二人は、誰もが羨む仲睦まじいカップルだった。私なんかに、美穂の代わりが務まるはずがない。

「いや、楓馬くんはすでに承諾してくれている」

「えっ」

(今、なんて……)

「あちらのご両親は反対されたそうだが、楓馬くんが説得してくれたようだ。彼はよほど美穂に未練があるんだな。同じ顔のお前が欲しいらしい」

(同じ、顔……)

美穂と同じ顔だから、楓馬さんが、私を……？

「同じだなんて！　美穂と志穂は全然違いますよ。いいこと、志穂。こうなったからには、私達に恥をかかせないように気をつけてちょうだい。そのみっともない恰好も改めなさいね」

父の言葉を呑み込めずにいる私に、母が蔑んだ目で言い捨てる。

「恭子の言う通りだな。いいか、志穂。楓馬くんに見限られることのないよう、美穂のように上品に振る舞うんだぞ。くれぐれも彼の機嫌を損ねるな」

美穂のように、振る舞う……

美穂の、代わりに。美穂に代わって、私が楓馬さんと結婚する……

『彼はよほど美穂に未練があるんだな。同じ顔のお前が欲しいらしい』

まるで呪いみたいに、父の言葉が何度も頭の中で響く。

でも、そうか。そうだったんだ……

楓馬さんがあの夜、私を抱いてくれたのはやっぱり、私が美穂と同じ顔だったからなんだ。

喪った最愛の恋人の面影を求めて、彼は私を抱いた。

そしてこれからも、私に美穂の身代わりとなることを求めている。

美穂が亡くなった今も妹として大切に思ってくれているのかな、なんて考えた自分が馬鹿みたい。

楓馬さんにとって私は、美穂の代替品に過ぎないのに。

それから二日後。父から突然楓馬さんとの縁談を突きつけられた週の日曜日に、私は両親に命じられ、彼に会いに行った。

待ち合わせ場所は、都内にある大型商業施設内のカフェ。ここには美穂が好きなブランドの店が多く入っているということで、二人のデートの定番スポットだったらしい。

この日の私は、母が父に言われて嫌々送ってきた美穂の遺品の中から、深い緑色の七分袖ワンピースを選んで着ていた。軽やかな素材で、とても着心地が良い。前身ごろと袖がプリーツ状になっていて、シルエットも美しかった。

それに合わせるのは、これも美穂が使っていた黒いサンダルとバッグ。全て同じブランドのもので、サンダルは足首で太めの黒いリボンを結ぶ形になっている。

両親からはあのあとも、美穂のように装えと口を酸っぱくして言われたため、待ち合わせの前に美容院に行って髪を巻いてもらい、メイクもしてもらった。

普段滅多に着けないイヤリングをして、ブレスレットも嵌める。そうして鏡を見たところ、そこに映る自分は驚くほど美穂にそっくりだった。

今更ながら、やっぱり私達は一卵性の双子だったんだなと変に感心してしまう。

これなら、美穂の身代わりを欲している楓馬さんの意向に沿うことができるかもしれない。

（……でも、本当に彼はそんなことを求めているんだろうか……）

この時、私は心のどこかで期待していたのだ。

美穂のような恰好で現れた私に、楓馬さんが苦笑して、「そんなことはしなくていいんだよ」と言ってくれるのではないかと。

志穂は志穂のままでいいんだよと、言ってくれるんじゃないかと。

そう。私は美穂の身代わりではなく志穂として彼に求められたい、愛されたいと、分不相応な願いを抱いてしまったのだ。

今思うと、なんてあさましい女なのかと呆れる。姉の婚約者と寝ただけじゃ飽き足らず、その心まで欲するなんて……

けれどこの時、私は不安と少しの期待を胸に、待ち合わせ場所に赴いた。

そこにはすでに楓馬さんが待っていて、私の姿に気づくなり、軽く手を上げて私を呼ぶ。

「お待たせしてすみません、楓馬さん」

「ううん、全然待っていないから気にしないで。……久しぶり、だね。志穂」

「……はい」

彼と最後に会ったのは、美穂の葬儀の日だ。二ヶ月ぶりに会った楓馬さんは、ちょっと痩せたように見えた。

ほどなくカフェの店員がやってきて、二人分の注文を聞いてくる。てっきり甘い飲み物を頼むかと思った彼は、私と同じホットコーヒーを注文した。『普段は恰好をつけてコーヒーを飲む』と言っていたことを思い出し、ついくすっと笑ってしまう。きっと、たくさん砂糖を入れるんだろうな。

「志穂？」

「あ……っと、すみません。なんでもないです」

私は慌てて誤魔化した。だって、わざわざコーヒーを頼む楓馬さんを可愛いと思ったなんて、本人には言えないもの。

彼は不思議そうな表情をしたものの、とりあえず流してくれた。

「今日は、来てくれてありがとう」

「いえ……」

楓馬さんは、私達の婚約のことを、本当はどう思っているのだろう。

父が言っていたように、私が美穂と同じ顔だから、美穂の代わりに私を新しい婚約者に望んでいるのだろうか。それとも……

思案する私を、彼はじっと見つめている。その真っすぐな眼差しにあの夜のことを思い出し、胸に込み上げるものがあった。

「楓馬さん――」

「そういう恰好をすると、やっぱり美穂によく似ているね」

「……っ」

（……ああ……）

その一言で、彼の浮かべる表情で、わかってしまった。

だって楓馬さんは、愛おしさを湛えた瞳で私を見ている。ううん、きっと私に『美穂』を見ている。

（そうか、やっぱり楓馬さんは『美穂』が欲しいんだ）

どうして私は一瞬でも、彼に『志穂』を求めてもらえると思ったんだろう。

楓馬さんは今でも美穂を愛している。深く、深く……。身代わりを欲せずにはいられないほどに。

私が彼の傍にいることを許されたのは、顔だけは美穂によく似ているからだ。

もう二度と下手な期待を抱いてしまわないように、私は自分に言い聞かせる。

楓馬さんが本当に求めている人は美穂。私じゃない。

「俺達の婚約のこと。急な話で驚いていると思う。美穂が亡くなって間もないのに、不謹慎……だよね」

彼の眼差し（まなざし）が陰り（かげ）を帯びる。最愛の恋人の喪も明けぬうちに新しい婚約者を迎えること、それも義妹になるはずだった私を婚約者に指名したことに、罪の意識を感じているのかもしれない。

「いえ……」

不謹慎と言うなら、確かにそうなのだろう。

でも、私があの夜、楓馬さんに抱かれたことの方がよっぽど不謹慎で、許されざる行為だと思う。

「志穂は……、そう、美穂から……その、俺の気持ちを聞いたことはある？」

いかにも言葉を選び選び、といった様子で、彼が尋ねてくる。

(楓馬さんの気持ち……?)

それは、彼が美穂を心から愛しているということだろうか?

どうして今更そんなことを聞くのか疑問に思いつつ、私は記憶を呼び起こす。

思い返してみると、美穂の口から二人の関係についてはっきり言われたことは一度もない気がする。

(美穂は……自分から「私は楓馬くんに愛されている」「楓馬くんは私のことが好きなの」なんて、言うような子じゃなかった)

けれど、それはわざわざ口にしなくてもわかりきっていることだ。

「……はい」

楓馬さんの、美穂への気持ちはちゃんと知っています。痛いほど。

彼は私を抱いたし、私を次の婚約者にしようとしているけれど、それは美穂への行き場のない愛情故のことだ。

他の誰が疑っても、私だけは楓馬さんの気持ちを――選択を、否定しない。

だから、安心してほしい。そういう思いを込めて頷いたところ、ちゃんと伝わったのか、楓馬さんは嬉しそうな、ホッとしたような微笑を浮かべてくれた。

「うん、俺の気持ちは変わってないよ」

彼は今も、亡くなった美穂を愛している。

わかりきっていたはずなのに、改めて言葉にされると、胸がツキンと痛んだ。

「だから、志穂に傍にいてほしいんだ。俺の婚約者として」

「はい」

私はこの時はっきりと、彼の婚約者になることを承諾した。

「私は、楓馬さんの傍にいます」

美穂の身代わりとして。

「志穂……。ありがとう」

あなたが望む限り、傍にいる。

それに、私は楓馬さんに償（つぐな）わなければならないから。

だって、美穂の死の一因は私にもある。あの日、私が美穂と会うことを断っていれば、美穂は事故に遭（あ）わなくて済んだはずだ。

そして私はあの通夜の日に、楓馬さんに美穂を裏切らせてしまった。

彼の望む通り、楓馬さんの気が済むまで、美穂の身代わりを務めよう。

それがきっと私のすべき贖罪（しょくざい）なのだと、自分に言い聞かせた。

……でも……たぶん、それだけが理由じゃない。

もっともらしい理由を並べてしまったけれど、結局のところ、私はただ彼の傍にいたかったのだ。

身代わりだって、いい。

彼の心が自分にないとわかっていても。

それを思い知らされる度に心が傷ついたとしても。

楓馬さんの傍にいられるなら、美穂のように接してもらえるならと、あさましい願いを抱いてしまった。

「ねえ、志穂。今日はどこか、行きたいところある？」

優しい微笑を湛え、彼が言う。

「………お買い物がしたいです」

私は少し考えてから、そう答えた。

美穂は、ショッピングが好きだった。よく楓馬さんと一緒に出かけていって、色々なものを買ってもらっていた。

彼にものを買ってほしかったわけじゃない。ただ美穂ならこう答えるかと思って答えてみたところ、楓馬さんは嬉しそうな顔で「なんでも買ってあげる」と言った。

どうやら正解だったらしい。生前の、美穂の華やかな笑顔を思い浮かべながら、私はにっこりと笑う。

（もっと、美穂みたいに振る舞わなくちゃ……）

彼に喜んでもらえるように。

そしてこの日から、美穂の身代わりとして楓馬さんに抱かれる日々が始まったのだ。

四　身代わりの婚約者

十一月になり、季節は実りの秋から静かな冬へと移り変わろうとしていた。

楓馬さんの婚約者になって、約一年半。私は今日も彼に呼び出され、仕事帰りにいつものホテルに来てレストランで共に食事をし、そのあとは客室に籠って彼に抱かれた。

私達の逢瀬は、もっぱら楓馬さんの意向で時間と場所が決められる。

もちろん、彼に希望を聞かれたことはある。でもそういう時の私は大抵、美穂が好みそうな場所を挙げていたし、浮かばない時には「楓馬さんの行きたいところで」と答えていた。

楓馬さんとのデートに、私の意思は必要ない。

彼に何かを願ったり、ねだったりする権利は自分にはないのだから。

そう、思っていたのだ。

「ねえ、志穂」

だから、楓馬さんとの激しいセックスのあと、疲労困憊(ひろうこんぱい)で彼の腕に抱かれて、うとうととまどろんでいるところに突然問いかけられ、答えに困ってしまった。

「今度一緒にどこかへ出かけないか？　志穂は行きたいところある？」

ヘッドボードに備え付けられたオレンジ色の照明が優しく枕元を照らす中、彼は隣に寝そべる私の前髪をそっと指で弄(いじ)りながら、優しく囁(ささや)きかける。

「このところ、ずっと俺の都合で志穂を連れ回していただろう？　申し訳ないなって思っていたんだ。来週末なら俺もゆっくり時間をとれるし、どこへだって連れていってあげるよ」

「……えっと……」

「今の時期なら、京都とかいいかもしれないね。紅葉が綺麗で。ああでも、観光客でごったがえしてるか。うーん、最近寒くなってきたし、沖縄とか？　ああ、いっそ海外という手も……って、また俺ばっかり行きたいところを言っちゃったね。ごめん。志穂は、どこに行きたい？」

甘やかすような声音で問われ、私は半分眠りかけていた頭で「行きたいところ……？」と考えを巡らせる。

もし、もっと意識がクリアな時に尋ねられていたなら、私は楓馬さんが提案した場所の中から、美穂が好みそうなところを選んで答えていただろう。

でもこの時の私は眠くてあまり頭が回らず、うっかり『美穂の身代わり』としてではなく、『志穂』として答えてしまった。

「……水族館、に行きたい……です」

先日、テレビでちらっと見たせいだろうか。

行きたい場所と聞かれて、真っ先に浮かんだのが水族館だった。

「あっ……」

けれど、すぐにそこは美穂が選びそうにない場所だと気づき、しまったと思う。

そもそも京都や沖縄、はては海外まで候補に入れていた人に「水族館に行きたい」だなんて、ズレた答えだったのではないか。それに、子どもっぽいと思われたかもしれない。

しかし、内心慌てる私に、楓馬さんは明るい調子で「水族館かぁ、いいね」と言ってくれた。

「何年ぶりだろう。高校の時、修学旅行で行ったのが最後かな？」

「………………」

私も、水族館に行くなんてずいぶんと久しぶりだ。

彼と同じく、高校の時に友達数人と行ったのが最後だったような。

（そういえば、子どものころ……）

ふと、古い記憶が甦る。

あれは、私と美穂が小学三年生の夏……だったかな。

珍しく家族四人で出かけることになって、その行き先が水族館だった。

私はとても楽しみにしていて、はしゃぎすぎたせいか、当日熱を出して寝込んでしまったのだ。

そのため両親は私を置いて、美穂だけを連れて三人で水族館に行った。

だから、私は家政婦さんとお留守番。

家で布団に包まって、「水族館、行きたかったなあ」と思いながら、連れていってもらえた美穂を羨んだっけ。

「今の水族館はどんな感じなんだろうね。楽しみだなあ」

「……はい」

あの時行けなかった水族館に、楓馬さんと行く。

天国にいる美穂は、昔の私みたいに「ずるい」って思うかな……

（ごめんね、美穂……）

心の中でそう姉に謝る私を、楓馬さんはそっと抱き締めた。

二人でお風呂に入ったあと、何も纏わず布団に潜り込んだから、私達はお互いに生まれたままの姿だ。

ぴったりと合わさった肌から、ダイレクトに彼の体温や鼓動を感じる。

それが心地良くて、私はまたうとうととまどろんだ。

同時に、とりとめもないことを考えてしまう。

この熱も、彼の声も、優しさも……

「志穂、もっと俺に我儘(わがまま)を言って。志穂は無欲すぎる。もちろん、謙虚さは志穂の美徳だけど、俺にはもっと色々と甘えてほしい」

「楓馬さん……」

「大好きだよ、志穂」

彼の愛も、最初から全部――

「……私も、大好きです」

私のものなら、よかったのに。

決して口に出してはいけない願いを心に秘めながら、私は楓馬さんの胸に抱かれて眠りに落ちた。


それから一週間が経って、楓馬さんとの水族館デート当日。

今日は彼が車で迎えに来てくれることになっている。それまでに支度を済ませないと。

私は冷凍しているご飯を温め、昨夜の残りのお味噌汁と作り置きのお惣菜(そうざい)で朝食をとり、シャワーを浴びた。

今朝は一段と冷え、肌寒いけれど、湯船に浸かってゆっくり身体を温める余裕はない。シャワーを浴びたら軽く髪を乾かして着替え。楓馬さんとこういう関係になってからだいぶ気を使うようになった下着を身につけ、クローゼットを開き、昨日選んでおいた服を手にとる。

さほど広くはないクローゼットには、私が自分の好みで選んだ服よりも、美穂が好みそうな服の方が多く収納されている。美穂が遺したもの、楓馬さんに贈られたものもたくさんあるけれど、自分で新たに買い足したものもあった。

美容用品にもお金をかけるようになったし、なんだかんだで、美穂らしく装うことに最近は一番お金を使っているかもしれないと、これまでの出費を思い苦笑が漏れる。

いずれ楓馬さんの妻になるのなら、この程度の浪費は浪費のうちにも入らないのかもしれないけれど……

(そんな日は、きっと来ないだろうな)

私にはどうしても、この関係がこれから先もずっと続くとは思えなかった。

今はまだ美穂の面影を追い求めている楓馬さんも、いずれ目が覚めるだろう。私は身代わりに過ぎないのだと気づき、関心をなくすはずだ。

これはその時までの、一時的な関係。

いつか楓馬さんが離れていく時に傷が浅くて済むように、私はいつも自分にそう言い聞かせている。

(……あっ)

いけない。下着姿のまま、ぼうっと考え込んでしまった。

私は慌ててハンガーにかけていた服を身につける。今回選んだのは襟元にリボンがついたカフェカラーのニットと、ライトグレーのスカート。スカートはふんわりと広がるシルエットが上品で、かつドット柄のようにパールがちりばめられており、とても可愛い。

この上下に合わせるのは、ニットと同系色のコートとバッグ。靴は濃い茶色のブーティーで、ヒールは高めなんだけど太く安定感があり、歩きやすい。

服を着たら、今度はヘアメイクだ。ドライヤーとヘアアイロンを駆使して髪をふわふわに巻き、顔にしっかりと化粧を施(ほどこ)す。

最後、耳には真珠(しんじゅ)のイヤリング、指にはいつだったか楓馬さんに贈られたピンクゴールドの指輪をつけ、身支度は終わり。

時計を見れば、約束の十分前だった。

メイク道具を片付けながら、ソワソワと彼の訪れを待つ。

(……外に出ていようかな)

五分前になり、することもなく落ち着かなかったので、部屋を出てマンションの入り口で待つことにした。忘れ物がないかチェックしたあと、扉を施錠して階段を下りる。

私の部屋は三階で、マンションにはエレベーターも設置されているけれど、普段はなるべく階段を使うようにしているのだ。

一階に下りてマンションの外へ出ると、見覚えのある車がちょうど目の前に停まった。

運転席の扉が開き、楓馬さんが姿を見せる。

「おはよう、志穂。部屋で待っててくれてもよかったのに」

それから彼は私を頭から足先まで見て、「今日もすごく可愛いね」と笑みを浮かべた。よかった。雑誌に載っていたワントーンコーデというものに初めて挑戦してみたのだけれど、彼のお気に召したようだ。

かくいう楓馬さんも、今日もとても恰好良い。

いつものスーツ姿と違い、今日は黒のパンツに色味の鮮やかな赤と白のストライプシャツを合わせていた。上に羽織っているのはクラシカルな黒のバイカーコートで、足元は黒のスニーカー。全体的に黒でまとめている中で、シャツの色味やスニーカーのカジュアルさが重苦しさを良い具合に払拭している。

「おはようございます、楓馬さん」

私が挨拶を返すと、彼は助手席に回り、扉を開けてくれた。

「さあどうぞ、お姫様」

「もう、楓馬さん……」

からかうような楓馬さんの口調にどぎまぎしつつ、私は助手席に座る。

彼の愛車は国産のSUVだ。車のことはよくわからないけれど、メタリックな紫紺色の車体は素人目にも恰好良く、乗り心地もとても良い。

今日はドライブも兼ね、この車で片道一時間ほどの距離にある水族館に行く予定だ。都内にも水族館はいくつかあるが、楓馬さんが「せっかくだから海の傍にある水族館に行こう」と言ったのだ。きっと、この車を思いっきり走らせたかったんだと思う。

風は冷たいものの、天気は快晴。陽射しがあるおかげで車内はぽかぽか暖かい。今日はドライブ日和だ。

途中、コーヒーショップのドライブスルーに寄って飲み物を買い、水族館に向かう。

ちなみに楓馬さんは甘いキャラメルマキアートを、私はガムシロップとミルク入りのホットコーヒーを選んだ。たぶん、店員さんは私がキャラメルマキアートで楓馬さんがホットコーヒーだと思っただろうな。いつだったか、二人でコーヒーショップに入った時に注文の品を反対に渡されたことを思い出し、くすっと笑ってしまった。

車内にはコーヒーの良い香りが漂い、オーディオからは聞き覚えのあるクラシック曲が会話の邪魔にならない程度の音量で流れている。

そういえば、楓馬さんと美穂の共通の趣味は音楽だったっけ。

高校生の時、二人が一緒に演奏しているのを何度か目にしたことがある。美穂は子どものころ両親に買ってもらったグランドピアノを弾いていて、楓馬さんはその傍らに立ち、バイオリンを鳴らしていた。

共に美しい旋律を奏で、楽しげに笑い合う二人。

それはなんとも絵になる光景で、私は二人の間に入っていけず、遠くから見惚れることしかできなかったっけ。

あの時二人が奏でていた曲はなんだったろう？

（あれはそう、確か……）

「モーツァルトの、『恋とはどんなものかしら』……？」

「えっ」

「あっ」

しまった、声に出してしまっていた。

私がはっと口元を押さえると、楓馬さんは笑って「なに、聞きたいの？　確かＣＤがあったと思うけど」と言う。

「い、いえあの、昔、楓馬さんと美穂が演奏してたなって、ふと思い出して……」

「ああ、そういえばそんなこともあったね」

彼は懐かしそうに目を細め、「美穂はあの曲が好きで、よく演奏に付き合わされたなあ」と呟いた。

（楓馬さん……）

付き合わされたと言いつつも楽しげな声音から、当時の二人の親密さが窺い知れる。

そんなのわかりきっていたことなのに、胸がちくんと痛んだ。

「あれは『フィガロの結婚』ってオペラの曲なんだけど、志穂はその演目を観たことある？」

「いえ……」

美穂のピアノに触って母に咎められて以来、音楽に関することはなんとなく避けていた。

一度だけ楓馬さんとコンサートに行ったことはあったけど、オペラは音楽の授業でちらっと映像を見たくらい。なんとなく名前を聞き知っていても、ちゃんと観た経験はなかった。

「簡単に言うと、伯爵の従者をしているフィガロって男と、同じ伯爵家に勤めている女中スザンナの結婚を巡るドタバタ劇なんだけどね。劇中でケルビーノっていう小姓の少年が伯爵夫人に横恋慕して、自分の恋心をこの歌に乗せて訴えかけるんだ」

「えっ、少年の歌だったんですか？」

タイトルからして、てっきり女性の歌だと思っていた。

「うん。といっても、ケルビーノは女性が演じるから……」

赤信号になり、車を停めた楓馬さんはCDを入れ替え、『恋とはどんなものかしら』を聞かせてくれる。聞き覚えのある序奏のあと、スピーカーから響いてきたのは確かに女性の声だった。

（久しぶりに聞いたけど、明るくて可愛らしい曲だなあ……）

「まるで初めて恋を知った純真な少年が、その無垢な恋心を憧れの女性に訴えているような、なんとも愛らしい曲だろう？」

「はい」

私が頷くと、楓馬さんは「でもさ」と、くすくす笑いながら言う。

「このケルビーノはなかなか多情なやつで、伯爵夫人の他にもフィガロの相手であるスザンナや、庭師の娘にまでちょっかいを出すんだ」

「えっ」

そ、そんな話なの⁉

曲からイメージしたのは純真無垢で一途な少年だったのだけれど、実際には違うみたいだ。

「思春期まっただ中で、女性と見れば誰にでもときめいてしまうって役柄なんだよ。そして伯爵夫人は伯爵夫人で、夫の愛情を確かめるためにケルビーノを利用しようとする。伯爵は伯爵で、家臣の婚約者であるスザンナを誘惑しようとしている。複雑な愛憎関係がとてもコミカルに描かれていて、楽しい歌劇だよ」

「なんだかすごく気になってきました」

あらすじを聞いただけでも面白そうだ。

オペラってなんとなく格式が高いし、これまで観たいと思うこともなかった。でも、これはちょっと観てみたくなった……かも。

「うちにＤＶＤがあるから、今度貸してあげるよ。ああ、タイミングが合えば実際に生のオペラを観に行くのもいいかもね」

「はい。ぜひ貸してください」

ふと興味を覚えて、今かかっているＣＤのケースからブックレットを取り出す。そこには『恋とはどんなものかしら』の、歌詞の和訳が載っていた。

ある時は　それは喜びだけど
ある時は　それは苦しみになる
凍る思いを　感じたすぐあとに
魂（たましい）は燃え上がり　それは一瞬にして

また凍りついてしまうのです

わかるなあ、と思った。
ここに記された言葉は、まるで私の気持ちを表しているかのようだ。

ぼくは探します　幸せを
自分の外に
でも分からないのです　誰がそれを持っているのか
分からないのです　それがどんなものなのかが

（ああ、だからタイトルが『恋とはどんなものかしら』なんだ）

ため息を吐き　呻（うめ）きます
そうしたくないのに
ドキドキして　震えます
知らないうちに
見つけられません　安らぎなんて

夜も　昼も

そう恋の苦悩を訴えながら、少年は高らかに歌う。

でも　楽しいんです

こんな風に悩むことが

その一文に、ぱっと目が引き寄せられた。

ケルビーノは心に感じる痛みごと、知ったばかりの恋を楽しんでいるようだ。そして愛らしく、時に艶っぽく、伯爵夫人を誘惑する。その奔放さが羨ましくて、憧れる。

（美穂も、そうだったのかな……）

あの時、彼女はどんな思いで楓馬さんとこの曲を奏でていたんだろう。

（こうして悩むことさえ楽しい。恋の苦しみすら喜びであると、私も、そんな風に思えたなら……）

「……俺さ、オペラの中で『フィガロの結婚』が一番好きなんだ。モーツァルトらしい明るくて軽やかな曲が多くて、話も面白くて。何度見ても笑えるし、元気がもらえる」

確かに、『恋とはどんなものかしら』も、次にかかった女中スザンナの歌も、明るくて楽しい曲調だった。

聞いているだけで心が弾んで、わくわくしてくるような……

「わかります。私も好きになりました」

「よかった」

心から答えると、楓馬さんは嬉しそうに笑って、今かかっている曲がどんな場面で使われているものなのか、丁寧に解説してくれた。

時には登場人物の台詞(せりふ)を真似て、時にはフレーズを口ずさみながら。

それは、とても楽しい時間だった。

やがて、私達を乗せた車が目的地へと辿り着く。

休日ということもあって駐車場は混み合っていたけれど、なんとか空(あ)いている場所を見つけて駐車し、車を降りた。その際にも、楓馬さんは先に降りて助手席の扉を開けてくれる。

彼のエスコートぶりに、近くにいた二人連れの女性達から羨望(せんぼう)の眼差(まなざ)しを向けられるのが少々こそばゆい。「大事にされてていいなあ」という声も聞こえてきたけれど、楓馬さんのこれはたぶん、礼儀に厳しいご両親の教育の賜物(たまもの)で、私が大事だからとかではないと思う。

「さ、行こう」

「は、はい」

楓馬さんは私の手をぎゅっと握って歩き出した。

彼とは何度もこうして手を繋いでいるのに、いつまでたっても慣れなくて、毎回ドキドキしてしまう。

ふと、頭の中に、先ほど車内で聞いたケルビーノの歌声が響いた。

――ため息を吐き　呻きます　そうしたくないのに

ドキドキして　震えます　知らないうちに

(……本当に、そうだね)

こればっかりはもう、どうしようもない。

私は楓馬さんに手を引かれ、入り口前でチケットを買い、館内に足を踏み入れた。といっても、チケットを買ってくれたのは楓馬さんだ。車を出してもらったので、ここは私が払おうとしたのだけれど、断られてしまった。毎度のことながら、奢ってもらってばかりで心苦しい。

「……あっ」

入り口のゲートを潜ってすぐ、私は目に飛び込んできたスタンドパネルについ声を上げた。そこに、私が好きなウサギのキャラクターが描かれていたのだ。

（えっ、うそ、コラボ？　知らなかった……）

なんでも今、ここの水族館は、このウサギのキャラクターを描いた有名イラストレーターさんとコラボ企画をやっているらしい。スタンドパネルにはウサギのキャラクターと、同じテイストにデフォルメされたイルカとアシカのイラストが描かれている。

館内のショップではコラボグッズを販売しており、かつスタンプラリーで七つのスタンプを集めると、限定の景品がもらえるようだ。

（わあ、可愛い。欲しいなあ……）

コラボグッズも買いたいし、限定の景品とやらも欲しい。

そう思って凝視していると、傍らの楓馬さんから「志穂？」と声をかけられる。

（あっ）

しまった。今は楓馬さんとのデート中だ。

「もしかして志穂、このキャラクターが好きなの？」

「え、えっと、あの……」

「へえ、スタンプラリーもやってるんだ。よし、俺達もやろうか」

「で、でも」

こんな子どもじみたことに、彼を付き合わせてしまっていいのだろうか？

躊躇う私をよそに、楓馬さんはノリノリで担当のスタッフさんにスタンプカードをもらいに行った。

「はい、志穂の分」

「あ、ありがとうございます」

（うわあ、スタンプカードも可愛い……）

カードにも、ウサギのキャラクターとイルカ、アシカのキャラクターが描かれている。

全ての漢字に振り仮名が振られた説明文といい、明らかに子ども向けのイベントだったが、心がときめいた。

（このカードも、持ち帰って大切にしよう……）

かくして私達は、スタンプカードを手に館内を見て回ることに。

壁面にいくつもの水槽が並ぶ通路をゆっくりと眺めながら、順路案内の通りに進む。

すると途中、ホールみたいに開けた場所に出た。

「わあ……」

「これはすごいね」

そこにあったのは、壁一面の大水槽だ。この場所は吹き抜けになっていて、二階分の高さの巨大な水槽に、エイやタイ、色とりどりの魚達、そしてイワシの群れが悠々と泳いでいる。

青い海の一部を切り取ったような光景が、目の前に広がっていた。

私はぼうっと見入ってしまう。だって、それくらい綺麗だったのだ。

光を受け、イワシ達の銀色の身体がキラキラと輝いている。それ自体がまるで一個の生き物であるかのように纏まっている群れに、時折エイや他の大きな魚達がちょっかいをかけるみたいに飛び込んでいくのが面白い。

（あっ、あんなところに黄色い縞々の魚がいる。可愛いなあ。あれはなんていう魚なんだろう。ええと……カゴカキダイ？　っていうんだ）

私は写真付きの解説パネルを見ながら、魚の名前を確かめていく。

どれくらい、そうして大水槽を眺めていただろう。突然、館内のスピーカーからアナウンスが聞こえてきた次の瞬間、薄暗かった照明が一段と暗くなった。

「えっ」

「ちょうどショーが始まる時間みたいだね」

ああ、だから移動せず待っている人が多かったんだと、遅れて気づく。

水族館のショーというと、イルカショーやアシカショーしか思い浮かばない私は、いったいどんなプログラムが繰り広げられるのか、わくわくしながら待った。

ほどなく、スピーカーから音楽が流れてくる。それに合わせて、水槽の周りの壁や天井にプロジェクションマッピングでさまざまな光の映像が映し出された。

「綺麗……」

音楽と映像が、不思議と魚達の泳ぎとシンクロしているように見える。

それだけでも十分見ごたえがあったが、曲が盛り上がっていくにつれ、同じところを回遊していたイワシ達の群れに変化が起こった。

「えっ……」

音楽に合わせて、群れが一点を目指して泳いでいく。

かと思うと、その群れがどんどん広がって、水槽中に散らばる。

それはまるで、夜空にきらめく星のようにも見えた。

「すごい！」

「ああ、これはなんとも……」

巨大水槽を眺めていた他のお客さんからも、歓声や感嘆の声が聞こえてくる。中には音楽に合わせて手拍子をしている人もいた。

こんな風にイワシの群れを操れるなんて、すごいとしか言いようがない。

やがて散らばっていたイワシ達が再び群れとなり、水槽の中心部で回遊し始め、ショーは終わる。

「最近の水族館はすごいね」

「はい。びっくりしました」

「まさか、イワシの群れにここまで魅了される日がくるなんて思わなかったよ。これからはイワシを食べるのも躊躇（ためら）ってしまいそうだ」

くすくすと楽しげに笑いながら楓馬さんが言う。

確かに、それくらい素晴らしいショーだった。

その後、私達は大水槽の横に置かれていたスタンプ台で一つめのスタンプを押し、次のコーナーへと進んだ。

たくさんの水槽に、見覚えのある魚から見たことのない魚、海の生き物から川の生き物、水中だけでなく水辺に生息するものまで、様々な生き物が展示されている。

可愛い魚もいれば、大きくて恐ろしい形相の魚もいて、特に深海魚や古代魚は怖かった。

でも中にはその、美味（おい）しそうな生き物もいて……

数種類の生き物が入れられた巨大な水槽の前に立った時、私は水底の方に大きなカニがいることに気づいた。

（おっきい……。あれ、なんていうカニだろう）

解説パネルを見てみると、タカアシガニと書いてある。世界最大のカニの仲間で、系統的に古い種のため、『生きた化石』とも呼ばれているらしい。

それにしても、たっぷりと身が詰まっていそうな、立派な甲殻と脚だ。

(そういえば、美穂はカニが大好きだったなあ……)

美穂の大好物だったから、我が家ではお祝い事の度にカニが食卓に上った。

お刺身に、焼きガニ、天ぷらに、カニ鍋。

私もカニは好きだったし、嬉しかったっけ。

……と、ついそういう目でカニを見ていたら、突然——

「あのカニおいしそー！」

無邪気な子どもの声が響いて、びっくりした。

水槽の傍にいた幼稚園くらいの男の子が、お母さんらしき人に「ね、おいしそうだよね！」と話しかけている。

すると私の隣で、楓馬さんがふっと小さく噴き出した。

「楓馬さん？」

「いや、一瞬自分の心の声が漏れたのかと思って、驚いてさ」

ああ、なるほど。

私もくすっと笑い、「同じことを考えていました」と言った。

「だよね。カニの他にも、ぷりっぷりのアジとか、ホッケとかも泳いでいるし。ああ、話していたらよけいに食べたくなってきた」

「ふふっ。そういう目で見ちゃいけないんだろうなって思っていても、やっぱり考えちゃいますよね」

二人して同じことを考えていたんだなってわかって、嬉しくなる。

私達は、これ以上お腹が減る前に次へ行こうと、スタンプを押して先へ進んだ。

館内には生き物の展示の他にも、自分で描いた魚を機械で読み込み、スクリーンの海で泳がせることができるコーナーなどもあって、最新の技術が使われているんだなあと感心した。

私だけでなく楓馬さんも、水族館の展示の進歩には驚いている様子だ。

最近は水族館に泊まれるツアーや、館内の水槽を眺めながら日本酒を楽しむイベント、普段は見ることができない水族館の裏側を探検できるバックヤードツアーなど、様々な催しが行われているらしい。

やがて私達は館内を抜け、イルカやアシカのショーが行われるプールへと出た。

次のショーまであと十分ほどと良いタイミングだったので、空いている席に座る。前の方や正面の席はすでにほとんど埋まっていたので、私達が座ったのはステージから向かって右手側後方の席だ。

プールは中央に大きいものが一つ、両脇に小さいものが一つずつの計三つあって、小さい方のプールではそれぞれショーの開始を待つイルカ達が泳いでいる。飼育員さんに投げてもらったボールで遊んだりしている姿が可愛くて微笑ましい。

「楽しみだね」

「はい」

わくわくしながら開演を待っていると、ついにその時が来た。

司会を担当する女性飼育員さんの軽快なトークを合図に、ステージ脇の出入り口から二頭のアシカが姿を現す。

アシカ達は右端と左端にある平たい岩を模(も)した台に一頭ずつ上がり、前足をぱたぱたと振って観客に挨拶(あいさつ)をしてくれた。

（かっ、可愛い……）

久しぶりに生で見るアシカは、とっても愛嬌(あいきょう)があって可愛らしい。

おまけに芸達者で、中央のステージに上がったあと、音楽に合わせてダンスを披露(ひろう)したり、鼻先にボールや棒を載せる芸や、プールでのハードルジャンプなどを見せたりしてくれた。

何より可愛いと思ったのは、一頭が芸を成功させた時、司会の飼育員さんの「はい、拍手～！」という声に合わせて、もう一頭のアシカが前足でパチパチと拍手をするところだ。

その一生懸命さに胸を打たれ、私は惜しみない拍手を送った。

アシカ達が観客に投げキッスをして退場したあと、続いて四頭のイルカ達によるショーが行われる。

サイドプールから大きなプールに移ったイルカ達は、歌うような鳴き声を披露し、被った帽子を鼻息で吹き飛ばす芸も見せてくれた。

この時、初めて知ったのだけれど、イルカの頭の上には『呼吸孔』と呼ばれる孔があって、これが人間でいうところの鼻にあたるらしい。小さな麦わら帽子がちょこんと載せられたかと思うと、勢い良く吹き飛んでいく様子はとても面白かった。

そしてイルカショーのメイン、ジャンプ。まずは一頭ずつ連続でジャンプしていき、最後は四頭が揃ってジャンプする。

「すごい！」

イルカ達が水しぶきを上げて飛ぶ度、観客席からは大歓声が起こった。

続いて、プールの上部につり下げられたボールが下りてくる。

下りてきたとはいえ、水面からはかなりの高さがあった。

高い位置にあるそのボールに、イルカがジャンプして鼻先でタッチする。

（うわあ……っ）

イルカって、あんなに高くまで飛べるんだ。

さすがにあれは無理だろうと思うような位置でも、イルカ達は軽々とジャンプしてみせる。

すごい。本当にすごいよ。

熱狂が冷めやらぬまま、再びボールが上に戻される。かと思うと、これまでの軽快な音楽から一転、BGMがしっとりとしたものに変わった。

これから行われるのは、イルカと飼育員さんとの絆を体現したショー。三頭のイルカがサイドプールに戻され、残る一頭が待つプールに担当の飼育員さんが飛び込む。

そこから展開される光景に、思わず声が漏れた。

「えっ、わっ、ああ……っ」

飼育員さんの姿が水の中に消えたかと思うと、イルカによってロケットみたいに高く打ち上げられ、水上に姿を現す。そしてイルカの背に乗り、気持ち良さそうに泳ぎ始めた。その体勢も、イルカの背に寝そべったり、サーフィンのように横乗りになったりと様々だ。

気づけば観客席は沸き立ち、手拍子が起こる。手拍子は徐々に広がっていって、会場が一体となっている感じがまた、胸を躍らせた。

「いいなあ……」

イルカの背に立って泳ぐのはさすがに無理だろうが、背びれに掴まって一緒に泳ぐくらいならなんとかできそうだし、やってみたい。

そう呟いたら、隣に座っていた楓馬さんが「イルカやクジラと一緒に泳げる場所、国内にもけっこうあるみたいだよ。今度一緒に行こうか」と言ってくれた。

「行きたいです」

イルカやクジラと一緒に泳げるなんて、夢みたいだ。

こうしてショーを見ているだけでも十分に楽しいけれど、もっと間近で、直に触れ合ってみたい。

「……あ、見て。ダンスを踊ってるよ」

「ほんとだ。素敵……」

飼育員さんとイルカが、プールの中央で音楽に合わせ、両手と胸ビレを重ねてくるくると回っている。

これまでの息の合った泳ぎといい、飼育員さんとイルカの絆が感じられて、胸が熱くなった。

そんな感動的なプログラムが終わると、再び三頭のイルカが中央のプールに戻ってくる。

いよいよショーも終盤。最後に見せるのは迫力満点のジャンプだ。

まずは一頭ずつのシングルジャンプ。続いて二頭ずつのペアジャンプ。そして一頭ずつの連続ジャンプのあと、四頭が同時にジャンプする。

そんな大迫力のフィナーレを迎え、ショーは幕を閉じた。

もう、大満足の一時（ひととき）だった……と、私は叩きすぎて少々痛くなった掌（てのひら）をぎゅっと握る。

いい歳をした大人だというのに、子どもみたいにはしゃいでしまった。

「ふう……」

満足感に満ちたため息が口から零（こぼ）れる。

すると、それを聞いた楓馬さんがぷふっと噴き出した。

（あっ）

そうだ。すっかり興奮して我を忘れていたけれど、今は楓馬さんとのデート中で、先ほどまでのはしゃぎようも、すっかり彼に見られて……

「あはははは。志穂のそんなにはしゃいでいる姿、俺、初めて見たかも」

（ああああ……）

ど、どうしよう。みっともないって、思われたかもしれない。

けれど私の不安に反して、楓馬さんは「志穂のそんな姿が見られてよかった」と言ってくれた。

たぶん、気を使ってくれたのだろう。

（もっとしっかり、大人らしい振る舞いをしなくちゃ……）

アシカとイルカのショーのあと、順路通りに進み、今度はペンギンやオタリアなどの海獣コーナーに出た。見物客などそっちのけでマイペースに過ごしているペンギン達はとても可愛らしく、水の中を悠々と泳ぐオタリアやアザラシ達からは目が離せない。

そうして一通り展示を見て回り、ちょうどお昼時になったので、館内のフードコートで昼食をとることにした。

海鮮丼やフィッシュバーガー、大きな海老フライつきのカレーなど、海鮮を使ったメニューが様々ある。さらに例のキャラクターとのコラボメニューもあって、私はおまけでもらえるオリジナルコースター欲しさに、コラボメニューのサンドイッチプレートを選んだ。

魚を食べたいと言っていた楓馬さんは海鮮丼をチョイス。それからコラボメニューのパンケーキを「二人で食べよう」と一緒に頼み、コースターを私にくれた。嬉しい……。

飲み物も二人ともコラボメニューから選び、私はウサギのミニクッキーが添えられたクリームメロンソーダ、楓馬さんはイルカのクッキーが添えられたチョコレートフラペチーノを選ぶ。

海鮮丼とはまったく合わなさそうだけれど、こちらは海鮮丼を食べてからデザート感覚でいただくらしい。

何はともあれ、楓馬さんが協力してくれたおかげで四枚のコースターをゲットできた私は、ホクホク顔でサンドイッチを手にする。

ウサギの形にカットされた白い食パンのサンドイッチは食べるのが惜しいくらい可愛かったが、食べる前にちゃんとスマホで写真を撮っておいたので大丈夫だ。

まずは長い耳の部分からぱくっと齧りつく。

（あ、味もけっこう美味しい）

具は小さめに切った海老、アボカド、トマト、茹で卵をマヨネーズソースで和えたもの、かな。それぞれの具材がマヨネーズと相性抜群で美味しかった。今度家でも作ってみたい。

「志穂も海鮮丼を食べてみる？」

途中、楓馬さんが自分の海鮮丼を勧めてくれた。

実はちょっと食べてみたかったので、お言葉に甘えて一口だけ食べさせてもらうことにする。

でも彼は、どんぶりごと渡してくれればそれでいいのに、一口分をお箸にとり、「はい、口開けて」と寄越してきた。いわゆる「はい、アーン」というやつだ。

「あ、あの、自分で……」

「いいから、いいから」

楓馬さんは有無を言わさず、私にホタテの載ったご飯を食べさせる。

「……んっ」

周りの目を気にしつつ、私はもぐもぐと口の中のものを咀嚼した。

「美味しい……」

ほんのり酢の効いた温かいご飯と、ぷりっぷりのホタテが合う。何よりホタテは身が厚く濃厚な甘さで、とても美味しかった。

「あの、楓馬さんもサンドイッチを食べてみますか？」

美味しい海鮮丼を分けてもらったお返しにと、彼にも勧めてみる。

「ありがとう。じゃあ一口もらうね」

「はい。一口と言わず、好きなだけ食べてください」

じゃないと、あの美味しいホタテには釣り合わない気がするのだ。

そう思ってお皿ごと楓馬さんの前に置いたところ、彼はくすっと笑って、からかうように「志穂は食べさせてくれないんだ？」と言った。

「なっ……」

このサンドイッチを、「はい、アーン」で食べさせろというのだろうか。

もしかして、楓馬さんと美穂はこんな風によく食べさせ合いっこをしていたのかな。

でも、これを手で一口大にちぎったら具がはみ出ちゃうと思うし、そもそもそんな恥ずかしいことを、こんなお客さんの多いフードコートでする勇気はない。

「あはは。ごめん、ごめん。恥ずかしがる志穂の可愛い顔が見られただけで満足しておくよ。じゃあ、少しいただくね」

楓馬さんは笑って、サンドイッチをぱくっと食べた。

（か、可愛い顔……って）

彼の言葉に、顔がかあぁっと熱くなる。

「うん、美味しい。ありがとうね、志穂」

「い、いえ」

動揺を隠すため、私は食事に集中することにした。サンドイッチを食べ切り、プレートに添えられていたミニサラダとフライドポテトも完食する。

そうしてメインの料理を食べ終えたら、今度はデザートだ。甘い飲み物をいただきながら、チョコレートソースでキャラクターが描かれたパンケーキを楓馬さんと分けて食べた。

甘いもの好きな楓馬さんは、チョコレートフラペチーノを嬉しそうに飲み、ソースをたっぷりつけたパンケーキを頬張る。

「美味しい」

その時の彼の、ふにゃっとした笑顔が可愛くて、胸がとくんと高鳴った。

（楓馬さん……）

……やっぱり、私は楓馬さんが好きだ。

彼の一挙一動に、どうしようもなく心が動いてしまう。

いつまで『美穂の代わり』を続けていられるかわからないけれど、それでも許される限り、彼の傍にいたい。

ずっと、この笑顔を見ていたい。

そう、思わずにはいられなかった。


食事のあと、ミュージアムショップでコラボグッズや職場へ持っていくお土産(みやげ)などを買い、水族館を満喫した私達は車で帰路につく。

ちなみにスタンプラリーでもらえる限定の景品は、イルカに乗ったウサギのキャラクターのマスコットストラップだった。

楓馬さんは二つもらったそれを「お揃いだね」と言って、自分の分をさっそく車のバックミラーにぶら下げた。

スタイリッシュで恰好良い車と、子ども向けの愛らしいマスコットはミスマッチに思えるのだけれど、本人は意外と気に入っている様子だ。

私は迷った末、以前楓馬さんに渡されたまま一度も使っていない彼の部屋の合い鍵につけることにした。いつでも好きな時に訪ねてきていいとは言われているものの、多忙な彼のプライベートを邪魔したくないし、今後もきっと使うことはないだろう。

（でも、楓馬さんとお揃い……。嬉しい……）

バックミラーの下で揺れるマスコットを見る度、心がほっこり温かくなる。

二人で手を繋いで水族館の中をあれこれ見て回ったのも、スタンプを集めたのも、イルカとアシカのショーも、ランチも、買い物も……。今日はすごく、楽しかった。

あまりにも楽しくて、はしゃいで、美穂らしく振る舞うのを忘れてしまうくらいに。

「今日は楽しかったね」

ふと、運転中の楓馬さんが正面を向いたまま話しかけてくる。

「はい、とても」

私が心から同意して頷くと、彼はふっと目を細め、こう言ってくれた。

「次は動物園に行ってみようか。きっと、志穂の好きな可愛い動物がいっぱいいるよ」

（動物園……）

それはなんとも魅力的なお誘いだ。

私は逸る気持ちを抑えて、「ぜひ行きたいです」と答える。

大好きなウサギはもちろんだけど、パンダやアライグマ、カピバラとかも見てみたい。

（今日みたいに、楓馬さんと二人で……）

楽しくて幸せな想像が頭を駆け巡り、胸がジンと熱くなる。

「……こんなことなら、もっと早く連れてきてやればよかった」

「え？」

楓馬さんがぽつりと何かを呟いたけれど、あまりに小さい声でよく聞き取れなかった。

「ううん、なんでもないよ。志穂はどこの動物園に行きたい？　やっぱり上野かな？」

「上野動物園……。いいですね」

それから私達はマンションに着くまで、行ってみたい動物園や、会ってみたい動物の話で盛り上がった。

都内の動物園なら今日みたいに日帰りで行けるし、少し遠い場所に泊まりがけで行くのも楽しそうだよねって。

そんな風に次のデートの計画を二人で立てるのは、普通の、仲の良い恋人同士みたいで……

自分が身代わりだってことを忘れてしまいそうになるくらい、楽しかった。

五　甘え下手な白ウサギ

楓馬さんとの水族館デートから二週間が経った、十一月の最終月曜日。

私はこの日、珍しく寝坊してしまった。起床時刻にスマホのアラームを設定しているのだけれど、どうやら今朝は時間通りに鳴ったそれを止めたあと、二度寝していたらしい。目が覚めたら遅刻ギリギリの時間で、私は大慌てで支度を済ませ、家を飛び出した。

そんな状態だったから朝ごはんは食べられなかったし、お弁当も用意できなかった。

(まあ、出勤時刻にはなんとか間に合ったので良しとしよう……)

寝すぎたせいか、妙にだるい身体で空腹に耐え、仕事をこなしていく。

しかし、こういう日に限って締め切りを過ぎた交通費の精算を頼まれ、断ったら「融通の利かない女だな!」と怒鳴られるわ、新人さんが領収書を紛失し、それを探し出すためにオフィス中のゴミ箱やシュレッダーをひっくり返す羽目になるわで、トラブル続きだった。

まあ、領収書は無事にゴミ箱の中から見つかったのでよかったけれど、まだ週が始まったばかりだというのに、どっと疲れを感じる。

私は人知れずため息を吐いて、自分の仕事を再開した。

それからしばらくして、ようやく昼休みになる。いつもはお弁当だけれど、今日はどこかに食べに行くか、買ってくるかしなければ。

「あれ？　桜井さん今日お弁当じゃないの？　珍しいねー」

バッグを手に席を立つと、同僚の鈴木さんに声をかけられた。

「はい、今日は寝坊しちゃって」

「そういえば今朝は、いつもより来るの遅かったもんね。あ、それならさ、一緒にランチ食べに行かない?」

なんでも、会社の近くに美味しい洋食屋さんがあるのだという。

「今日はどうしてもそのお店のオムライスって気分だったのに、他の子達はみんなお弁当で、一人ランチかーって思ってたんだ。桜井さんに付き合ってもらえたら嬉しいんだけど、だめかな?」

「いえ、ぜひお付き合いさせてください」

常々、飲み会や食事会のお誘いを断ってしまって申し訳ないと感じていたし、鈴木さんとのランチは楽しそうだ。美味しい洋食屋さんというのも気になる。

「よかった〜! じゃ、さっそく行こ行こ! あそこ、お昼時はいっつも混むから!」

私は鈴木さんに手を引かれ、コートをとりに更衣室に寄ったあと、会社から歩いて五分ほどの場所にある洋食屋さんへ向かった。

そこは裏路地にひっそりと佇むレトロな外観の小さなお店で、窓から店内の様子を窺うと、すでにサラリーマンやOL風のお客さん達で賑わっていた。中には私達と同じ制服の女性客もいる。

「会社の近くにこんなお店があるなんて知りませんでした」

「ここ、わかりにくいところにあるからね〜。でもすっごく美味しいんだよ。お値段もお財布に優しいしさ」

満席だったため店の外でしばらく待ち、ようやく空いたカウンター席に通される。

テーブルに置かれている手書きのメニュー表を見て迷った結果、私は鈴木さんと同じオムライスのランチセットを頼むことにした。

「いやあ〜、それにしても今日は災難だったね、桜井さん」

注文を終え、グラスの水で喉を潤した鈴木さんが口を開く。

「ほら、いつも締め切りが過ぎてるのに交通費の精算をしようとする営業一課の工藤さん。最初は新人ちゃんが担当してたのを、途中から桜井さんが代わってあげてたでしょ？」

「……ええ。あのままだと押し切られそうだったので」

私は苦笑を浮かべて頷いた。

実は私が怒鳴られた交通費精算の件、最初は今年入社したばかりの新人の子がターゲットにされていたのだ。

営業一課の工藤さんはよく交通費や経費の精算を忘れ、締め切りを過ぎてから無理にねじ込もうとする要注意人物。しかも押しに弱そうな新人さんや女性社員を狙ってくるからタチが悪い。

今日だって、新人さんも最初はマニュアル通りしっかりお断りしていたのだけれど、工藤さんは言葉巧みに新人さんを言い包めようとして、なかなか引き下がらなかった。そこで新人さんが困っている様子を見るに見かねて、対応を代わったのだ。

その後もしばらくごねられて、それでもきっぱりはねのけたら怒鳴られたというわけ。工藤さんとの押し問答で無駄に時間をとられたし、理不尽に怒られるのは良い気分じゃないし、とにかく疲れた。

思い出してため息を吐く私に、鈴木さんが怒りつつ教えてくれる。

「さすがに部長も、今回の件は営業一課に苦情を入れるって言ってたよ。大体、『じゃあ今回だけ～』なんて甘い顔をしたら絶対につけ上がるよね、あの人」

「ですよね」

それに、一度締め切りを過ぎた書類を受け取ったことが広まれば、他の人達の締め切り後の書類を断りにくくなる。そうしたら経理部全体が困るし、期限を設けた意味がなくなってしまう。

経理の仕事は、時にそういった厳格さが求められるのだ。そのせいで、他の部署から敬遠されたり、恨まれたり。今日のように理不尽に怒鳴られることもある。

「新人ちゃん、泣きそうになりながら桜井さんにお礼言ってたね。あの時、新人ちゃんを庇った桜井さん、すっごく恰好良かったよ。桜井さんが男だったら惚れてたかも」

「そんな、大げさですよ。あんまりからかわないでください」

「いやいや。実際、桜井さんって後輩達から慕われてるんだよ。真面目で厳しいところはあるけどさ、指摘は的を射ているし、理不尽に怒ったりしない。何より、今回みたいなトラブルの時には率先して庇ってくれるし、フォローもしてくれるって」

「……えっ……と……」

思いがけない高評価に、どう反応していいか困ってしまう。

お世辞も入っているのだろうけれど、少しでもそう思ってくれているのなら嬉しい……な。

「まあそのあと、新人ちゃんが領収書なくしたことが発覚したのには笑ったけどね。『今度はお前か！』って。手の空いている人全員でゴミ箱を漁る羽目になったし。桜井さんも今日は災難続きだったね」

お疲れさま、と鈴木さんに労われる。

それだけで、午前中の疲れが吹き飛ぶ思いだった。

「ありがとうございます。鈴木さんも、探すのを手伝ってくださってありがとうございました」

「あれくらいなんでもないよ～。無事に見つかってよかったよね。たった一枚の領収書でも、紛失したら後処理が面倒だから」

「ですね」

そんな話をしている間に、店員さんが「お待たせしました～！」と二人分の料理を運んできてくれる。

「わあ、美味しそう」

「でしょでしょ！」

それに、すごいボリュームだ。キノコたっぷりのデミグラスソースがかかった大きなオムライスと、レタス、ニンジン、大根のミニサラダ。そしてオニオンスープがついて、お値段が八百円というのも嬉しい。

私達はさっそく手を合わせ、スプーンをとった。

（……んっ、うわぁ……）

卵がとろっとしていて、濃厚なデミグラスソースとチキンライスの酸味が合う。これは家庭ではなかなか真似できない、プロのオムライスだ。とても美味しい。

料理の提供も早かったし、『早い、安い、美味い』と三拍子揃っているのだから、混み合うのもわかる。

「どう？　どう？　すっごく美味しくない？」

「はい、すっごく美味しいです。良いお店を教えてくださってありがとうございます」

「どういたしまして！　ふふっ。これからもたまにはお弁当じゃなくて、一緒に外でランチしようよ」

「はい、ぜひ」

そうして鈴木さんと職場の話や、仕事とは関係ない話を交えながら美味しいオムライスに舌鼓を打つ。

恋愛について聞かれたのはちょっと困った。でも、それが表情に出ていたのか、鈴木さんはあまり触れられたくない話題なのだと察して、すぐに話題を変えてくれた。

こういう気遣いができる人だから、多くの人に好かれているんだろうなあ。

鈴木さんはさっき、私のことを「後輩達に慕われている」と言ってくれたけれど、彼女の方がずっと慕われていると思う。明るくてさっぱりとしていて、とても気持ちの良い人だもの。

(これを機に、もっと仲良くなれたらいいな……)

そんなことを思いつつランチを完食し、私達はお店をあとにした。

「はあ～、美味しかった！　やっぱりあの店のオムライスは絶品だ～！」

会社までの帰り道、すっかり満たされたお腹をさすりながら鈴木さんが言う。

「ええ、とっても美味しかったです。また食べたいなあ。ああでも、他のメニューも気になるかも」

「わかる！　あのね、あそこはハンバーグとか、ナポリタンも美味しいよ！　あと、今の時期ならかぼちゃグラタンがおすすめ」

「わあ……、どれも食べてみたい……」

オムライスがあれだけ美味しかったのだ。きっと他のメニューも美味しいに違いない。

特に、鈴木さんおすすめのかぼちゃグラタンが気になる。

「私、料理は全然できないんだけど食べるのは大好きでね。美味しいお店の情報なら任せて。あっ、ほらあのお店。最近オープンしたカフェ。お値段はちょっと高いけど、料理もコーヒーも美味しかったよ。あそこもおすすめ～」

鈴木さんが指差したのは、車道を挟んで反対側にあるカフェだ。

あそこ、前は確かお花屋さんだったっけ。いつの間にか改装してカフェになっているなあと気づいてはいたものの、まだ入ったことはなかった。

鈴木さんのおすすめなら、一度行ってみようかな。

「内装も、料理の盛り付けもすっごく素敵なんだ～。そのせいか、お客さんもお洒落な人が多くてね。芸能関係の人がよく来てるって噂もあるんだよ。……あっ、ほら見て桜井さん。ちょうど今出てきたお客さん、美男美女だ～！　芸能人かな？」

はしゃいだ様子で、鈴木さんがカフェから出てきた二人組のお客さんを指差す。

女性の方は、アイボリーのムートン風コートを身に纏った、可愛らしい雰囲気の美人さんだ。胸元まである亜麻色の髪をハーフアップにまとめている。

そして、その隣──彼女をエスコートするように腕を差し出している男性を見て、私は驚きに目を見張った。

（……楓馬、さん……？）

スーツの上に見覚えのある黒のトレンチコートを羽織(はお)る彼は、間違いなく楓馬さんだった。

二人はお店の前で一言二言言葉を交わしたあと、にこやかな雰囲気で駅の方向へ歩いていく。

「…………」

あの女性は、誰なんだろう。

楓馬さんがスーツ姿だし、仕事の相手かとも思ったけれど、それにしては彼女の恰好が華やかすぎる気がする。それに二人の雰囲気も……

「はあ～、お似合いのカップルだったねぇ！」

「っ……！」

感嘆のため息と共に零(こぼ)された鈴木さんの言葉に、胸がズキッと痛む。

この感覚は、かつて美穂と楓馬さんが一緒にいるところを見た時と同じだ。

「ん？　桜井さん、どうしたの？」

強張った表情で二人の去った方向を見つめている私に、鈴木さんが声をかけてくる。

私ははっとして、「い、いいえ、なんでも」と答えた。

「……本当、芸能人みたいなカップルでしたね」

無理やり笑みを作って、鈴木さんの手をとる。

「それより、急ぎましょう。昼休み終わっちゃう」

「あっ、そうだった！　行こ！」

そして私は胸にわだかまりを残したまま、鈴木さんと共に会社に戻ったのだった。


嫌なことというのは、続くものなのだろうか。

立て続けにトラブルに見舞われ、知らない女性と親しげに歩く楓馬さんを見た日から、私はどうにも調子が優れなかった。

まず仕事面では、交通費精算の一件でうちの部長が営業部に苦情を入れた結果、工藤さんにすっかり逆恨みされてしまった。

工藤さんは毎回私のところへ書類を持ってきては恨み言を言ってくるし、期限を守るようになってはくれたものの、書類の字が書き殴った汚い字でわかりにくい。それを指摘するとさらに嫌味をぶつけてくる。

そういう時は見かねた鈴木さんが代わりに対応してくれるのだけれど、必ずと言っていいほどこちらを憎々しげに睨んでくるので、最近は彼の顔を見るだけでストレスを感じるのだ。

そのせいか、計算ミスや誤入力など、ケアレスミスを連発してしまっている。

（いや、でも、人のせいにしちゃだめだ。自分がしっかりしていれば、防げたミスだし……）

それから、体調もあまり良くない。

火曜日くらいまでは、ちょっと身体がだるいかな？　くらいだったんだけれど、だんだんと食欲が落ちていって、悪寒がして……

どうにか金曜日まで乗り越えたと思ったら、土曜日の朝には寝込んでしまった。

（どうしよう……。明日は楓馬さんと約束していたのに）

明日は二人で、動物園へ行く予定だった。

でも、この調子では無理そうだ。

熱があって、悪寒がして、喉が痛くて、咳が出る。インフルエンザを疑うほどの高熱ではないし、たぶん風邪だろう。薬を飲んで寝ていれば治ると思うが、明日には間に合いそうにない。

（早めに断りの連絡を入れておいた方がいいよね……）

私は枕元に置いているスマホを手にとり、アプリを起動して楓馬さんにメッセージを送ることにした。

（えぇっと……）

どう話したものかと、文章をあれこれ頭の中で思い浮かべる。しかし熱があるせいか、上手く頭が回らない。そのため、「とりあえず朝の挨拶をしなければ」と思った私は友達に送る時の癖で、楓馬さん相手には使わないスタンプを押してしまった。

可愛いウサギのキャラクターが、周りに花を散らしながら「おはようございます！」と元気に挨拶するスタンプだ。

「…………」

やってしまった。

とても体調不良を連絡する雰囲気とは思えないが、送ったものは仕方ない。

『突然すみません。実は体調を崩しまして、明日ご一緒することができません。ごめんなさい』

「あっ」

ここまで打ち込んだあと、またも友達に送るのと同じ調子でスタンプを押してしまう。今度のものは同じウサギのキャラクターが土下座しているスタンプだ。……ふざけていると思われるだろうか。

そんな不安を覚えつつ画面を見ていたら、先ほど送ったメッセージとスタンプに既読の文字がついた。そしてすぐさま、返信が送られてくる。

『体調を崩したって、大丈夫!? 病院には行ったの？』

（えっと……）

『大丈夫です。ただの風邪だと思うので、病院に行くほどではありません。約束を守れなくて、本当にごめんなさい』

反射的にスタンプを押さないように気をつけて、送信。

しばらく画面を見つめる。既読の文字がついたものの新しいメッセージは送られてこなかったので、そのままアプリを閉じてスマホを枕元に戻す。

「ふう……」

連絡を終えてホッとしたら、なんだか無性に眠くなってきた。

風邪を引いた時はいつもこう。とにかく眠くて、身体が休息を求めているんだとわかる。

（……とりあえず、ひと眠りして……）

それから、風邪薬を買いに行こう。

私はそう心に決めて、重いまぶたを閉じた。

『お母さん……、お父さん……、美穂……』

小学三年生の私が、一人、布団の中でうなされている。

これは夢、なのだろう。きっと昔の記憶を夢に見ているのだ。

体調の悪い時は、決まって嫌な夢を見る。どうやら今回の夢は、家族四人で水族館に行くはずだった日に熱を出し、一人置いていかれた時の記憶のようだ。

先日、楓馬さんと水族館に行って、当時のことを思い出したからだろうか。

夢の中の私は一人ぼっちで、家族を恋しがっている。

この時、家政婦さんが私に食事を食べさせたり、薬を飲ませたり、氷枕を用意したりと看病をしてくれた。けれど、他にもやらなければならないことがあって、ずっと私の傍にはいられなかったのだ。

身体中が熱くて、でもぞくぞくっと寒気がして苦しく、いつも以上に人の――家族の温もりが恋しくてたまらなかった。

どうしてお母さんは、私の傍にいてくれないんだろう。

学校の友達のお母さんは、その子が風邪を引くと心配そうな顔でずっとついていてくれるんだって。眠るまで頭を撫でたり、冷たくて美味しいアイスを食べさせたり、「お薬、ちゃんと飲めてえらいね」って褒めたりするんだ。

私のお母さんも、美穂が風邪を引いた時にはそうやってつきっきりで看病をしている。

なのにどうして、私が風邪を引いた時には傍にいてくれないんだろう。

お母さんは熱を出した私を置いて、お父さんと、美穂と、水族館へ行ってしまった。

『美穂は、いいなあ……』

熱で潤んだ瞳から、ぽろぽろと涙が零れる。

私も水族館に行きたかった。

今ごろ三人は、色々なお魚を見たり、イルカさんと遊んだりしているのだろうか。

『いいなあ……』

お母さんと、お父さんに愛されている美穂が羨ましい。

私は可愛がられていない。愛されていない。だから……

(誰も私の——志穂の傍になんていてくれない)

家政婦さんは私の面倒を見てくれるけれど、それは『お仕事』だからだ。

お家のお掃除や夕食の支度で忙しい家政婦さんに、「寂しいから傍にいて」なんて我儘を言って、お仕事の邪魔をしてはいけない。

だから私は、一人で耐えることを覚えたのだ。

この時には無理だったけれど、大きくなるにつれ一人で食事の用意ができるようになった。それに一人で病院に行き、一人で薬を飲み、治るまでじっと寝ていることだって平気になった。

寂しくはあったけれど、最初からそういうものだと思っていれば、胸の痛みは小さくて済む。

私は美穂みたいに愛されていないから、誰も助けてはくれない。全部、自分でなんとかしなければいけないのだ。

ずっと、そうやって生きてきた。

（今回だって大丈夫。一人でどうにかできる……）

かつて味わった苦しさや寂しさをもう一度体験するような夢を見ながら、大人になった私は小さな子どもみたいに身を縮め、ぎゅっと目を瞑（つぶ）る。

夢なんて見ないくらい、深い眠りに落ちたかった。

けれどその願いは叶わず、私は熱と夢にうなされ、浅い眠りと目覚めを何度も繰り返すことになるのだった。

「ん……」

ピンポーンと、インターフォンが鳴る。

その音で目を覚ました私は、ぼうっとする頭で扉の方に視線を向けた。

続けてもう一度、ピンポーンという音が響く。最初は近所からの音かと思ったけれど、どうやらうちのインターフォンが鳴っているみたいだ。

（……誰だろう。宅配便かな……）

のろのろと身を起こすと、今度はスマホがブルブルと震えた。

（電話……？）

見れば、画面には『三柳楓馬さん』の表示が。この時初めて気づいたのだが、私が寝ついたあと、彼からメッセージが送られていたようだった。

それを確認する前に、とりあえず鳴っている電話をとる。

「はい、もしもし……」

『あ、志穂？　ごめん、やっぱり気になって様子を見に来たんだ』

「えっ」

ということは、さっきインターフォンを鳴らしていたのは楓馬さん……？

『もしよかったら、お邪魔してもいい？　一応、薬や飲み物、食べ物も買ってきたんだけど』

「は、はい。今、開けます」

わざわざ来てくれたのに、追い返すわけにはいかない。

私は電話を切ると、慌てて玄関に向かった。といっても、もちろん本調子ではないので、ふらつきながら。

鍵を開け、チェーンロックも外し、扉を開ける。

するとその向こうに、ビニール袋を手に提げた私服姿の楓馬さんが立っていた。

「急にごめんね。調子はどう？」

「いえ、あの、大丈夫……ではないですけど、大丈夫です」

「何それ」

楓馬さんがくすっと笑う。

確かに、「大丈夫ではないけど大丈夫」とは、我ながら「何それ」って感じだ。

（……ああ、だめだ。本当に今は頭が回らない）

少し眠ったくらいでは——しかも浅い眠りを繰り返したくらいでは、体調はほとんど回復しなかったらしい。むしろ嫌な夢をたくさん見たせいで、気分は寝る前より悪かった。

「顔、赤いね。早くベッドに戻ろう。薬はもう飲んだの？」

「まだです。とにかく眠くて、寝てました……」

楓馬さんに促され、ベッドに戻る。彼は扉をしっかり施錠したあと、一緒に寝室まで入ってきた。

（そういえば私、ひどい恰好だな……）

顔も洗ってないし、髪はぐちゃぐちゃだし、パジャマ姿だし……

そんなことを思いつつ、大人しく布団に入った私の額に、楓馬さんの大きな手が当てられる。

「……熱いな。熱は測った？」

「はい。朝起きた時には、三十八度でした」

「もう一度測ろう。体温計は……っと、これだね」

楓馬さんが視線を巡らせ、ベッドのヘッドボードに置いていた体温計を見つける。それを手にとった彼は、ヘッドボードの端に視線を留めた。

「これって……」

楓馬さんが何かを手にする。

（あ……）

それは去年の誕生日に彼が贈ってくれたフラワーアレンジメントについていた、小さな白いウサギのぬいぐるみだ。あの時の花はさすがにもう枯れてしまったけれど、このウサギだけはずっとここに飾っていた。

「傍に置いてくれていたんだね」

「可愛かった、から……」

「そうか……」

それに、嬉しかったから。だから、ずっと傍に置いていたのだ。

楓馬さんはそっとそのウサギを撫でたあと、元の場所に戻し、私に体温計を渡してきた。

彼に言われるまま、体温計を脇に挟む。

結果が出るまでの間、彼はビニール袋の中から風邪薬と冷却シート、スポーツ飲料を取り出していった。

ピピッと体温計が鳴って、液晶ディスプレーに今朝と変わらない数字が表示される。

「三十八度か……。とにかく、薬を飲もう。できれば何かお腹に入れてからの方がいいんだけど、食べられそう？　何か食べたいものはある？　お粥でも作ろうか？」

体温計を回収した楓馬さんは、私の額に冷却シートを貼りながらそう尋ねた。

そういえば、大学時代から一人暮らしをしている楓馬さんは一通り料理ができるって、前に聞いたことがあったっけ。

（食べたいもの……うーん……）

「……おうどん……」

「えっ」

「おうどんが、食べたいです。具なしの、素うどん。くたくたに、柔らかく煮たやつ……」

柔らかく煮た素うどんは、私が子どものころ、風邪で寝込んだ時によく家政婦さんが作ってくれたメニューだ。

美味しくて、あったかくて、身体の中からぽかぽかする、私にとっての風邪の特効薬。

家政婦さんの手を借りなくなってからも、風邪を引いたら自分でうどんを煮て食べていた。

「冷凍庫に、冷凍のうどんがあるので……」

「わかった。作ってくるから、ちょっと待ってて」

楓馬さんはスポーツ飲料の蓋を緩めてから、それを枕元に置いてキッチンに向かった。

ペットボトルの蓋ってけっこうキツイから、緩めておいてくれるのはありがたい。特に今は、あんまり手に力が入らないし。

喉の渇きを覚えた私はのろのろと上半身を起こし、スポーツ飲料をごくごくと飲んで、また寝転がった。

「はあ……」

吐く息がやけに熱く感じられる。喉も痛い。

でも、おでこに貼ってもらった冷却シートがひんやりして、気持ち良い……

私は目を瞑り、うとうととまどろむ。

開けっぱなしの扉の向こうから、楓馬さんがものを探す音や、料理をする音が聞こえていた。

このところは友人も呼んでいなかったので、この部屋で自分以外の誰かが発する音を聞くのは、ずいぶんと久しぶりだ。

（人の気配って、こんなに安心するものなんだ……）

風邪で弱っているから、よけいにそう感じるのだろうか。

そう、とりとめのないことに思いを巡らせながら、楓馬さんが戻ってくるのを待つ。

ほどなくして、一人用の土鍋と取り皿、レンゲと箸をトレイに載せた彼が枕元にやってきた。

「お待たせ。冷蔵庫にあった出汁ストック、使わせてもらったよ」

楓馬さんはいったんトレイを床に置くと、私が上半身を起こすのを手伝ってくれる。

続けて彼は私の膝の上にトレイを載せ、土鍋の蓋をとった。

とたん、湯気と共に出汁の良い匂いがふわっと立ち上る。さらにそれに混じって、生姜の香りもした。

「……美味しそう……」

薄いきつね色のスープに、柔らかく煮えた白いうどんが沈んでいる。

食欲がないと思っていたのに、その香りを嗅いだだけで喉が鳴った。

「よかった」

私の反応に楓馬さんは微笑んで、取り皿にうどんをよそってくれる。

少しずつ食べるのにちょうどいい量の入った取り皿を受け取り、私はお箸を手にしてさっそくおうどんを口にした。

はふはふ、ふうふうと息を吹きかけて冷ましながら柔らかいうどんを啜る。

続いてレンゲを手に取り、スープをこくっと飲んだ。

（ふわぁ……）

出汁の効いた薄味のスープに生姜の風味が溶け込んでいて、とても美味しい。それに身体がポカポカと温かくなって、元気が出そうな味だ。

「すごく美味しいです……」

昔、家政婦さんが作ってくれた味にちょっと似ている。

懐かしくって、うっかり涙が出そうだ。

「ありがとう。ゆっくりでいいから、食べられるだけ食べて」

「はい……」

お言葉に甘えてゆっくりとおうどんを食べ進める私を、楓馬さんはずっと見守っていた。

結局全部食べることはできなくて、少し残してしまったのに、「いっぱい食べられたね」って褒めてくれた。薬を飲むのも手伝ってくれたし、飲んだあとは私が寝つくまで、傍にいて手を握ってくれた。

まるで小さな子ども扱いだなって思いつつも、家族は元より、家政婦さんにだってそこまで甲斐甲斐しく看病されたことなんてなかったから、こそばゆくて……。同時に、涙が出そうになるくらい、嬉しかった。

彼がしてくれたことは、かつて子どものころの私が親にしてもらいたかったけれど、してもらえなかったことそのものだ。

あんな夢を見たあとだからか、楓馬さんの親切がよけいに心に沁みた。

私はすでに大人だし、一人でも大丈夫。でも、誰かがついていてくれるとこんなにも心強いものなんだって、初めて知った。

彼の温もりに安心して、眠りに落ちる。もう嫌な夢は見なかった。

そして、目覚めた時も楓馬さんは傍にいてくれたのだ。

晩ごはんには美味しい雑炊を作って、「泊まりの準備と、買い物をしてくる」っていったん部屋を出たあとは、泊まりがけで看病をしてくれた。

そのおかげで次の日にはすっかり熱も下がって、体調もだいぶ回復した。

「ありがとうございました、楓馬さん。すっかりお世話になってしまって……」

日曜日のお昼。彼が作ってくれたふわふわ卵のにゅうめんをベッドでいただきながら、改めてお礼を言う。

「どういたしまして。……弱っている時の志穂は素直に甘えてくれたし、可愛い姿をたくさん見られたから、俺も役得だったよ」

「そっ、そんなことは……ありました、ね」

それが可愛かったかは別として、楓馬さんに促される形ではあったけれど、おうどんが食べたいとか、喉が渇いたとか。シャワーじゃなくてお風呂に入りたいとか、色々と我儘を言ってしまった覚えはある。ちなみにお風呂は彼がお湯を張ってくれた。本当に申し訳ない……

「いっぱい迷惑かけて、ごめんなさい」

しょげかえる私に、楓馬さんはくすくすと笑いつつ言った。

「謝らないで。前にも言っただろう？　俺は志穂に我儘を言われたり、甘えられたりしたいんだ。だから遠慮なんてせずに、どんどん頼ってくれていいんだよ」

「楓馬さん……」

それは、美穂がそんな風に振る舞っていたから……？

喉まで出かかったその言葉を、私は呑み込んだ。

（だめだなあ、私……）

やっぱり私では美穂にはなりきれないのだと、身に沁みる。

美穂は甘え上手で、愛され上手な人だった。なるべく美穂らしく振る舞おうと思っていても、私の場合、どうしても遠慮が先に出てしまう。美穂のように、上手く甘えることができない。

（……あの日、楓馬さんと一緒にいた女性は、少し、美穂に似てたな……）

優しくされて、温かくて幸せだった心に陰りが生まれる。

もしかしたら、ただの知り合いかもしれない。仕事関係の人かもしれない。友人かもしれない。

でも私は妙にあの女性のことが気にかかった。

女の勘、というやつなのだろうか。

けれど結局、彼にあの時の女性が誰なのか、聞けなかった。

聞いたら最後、私達の関係が変わってしまう。そんな予感を覚えたのだ。

しかし私はその女性について、後日、思わぬところから知ることになるのだった。

六　近づく、終わりの足音

月が変わり、いっそう寒さを増した十二月のとある平日。会社帰りの私は、重い足取りで夜の街を歩いていた。

今日は仕事終わりに突然父から電話があって、夕食に付き合うよう命じられたのだ。

指定されたのは会社から数駅先にある料亭で、昔から父が接待に使っている馴染(なじ)みの店らしい。

あまりにも急な呼び出しに最初は断ろうとしたが、来なければ部屋に押しかけるとまで言われ、渋々承諾した。どうせ逃げられないなら、外で会った方がマシだと思ったのだ。

おそらく、楓馬さんとの婚約の件で話があるのだろう。

父からはこれまでにも時折、私達の交際の様子を探る電話が入っていた。その度に特に問題はないと答えていたけれど、たぶんなかなか結婚の話が出ないので焦れているのだ。いったいどうなっているんだと叱責され、彼との仲を詮索されるのが目に見えているので、気が重い。

こういう時、楓馬さんとの約束が入っていれば断れたのだが、生憎と彼は海外出張に出ていて不在だ。

最寄駅から歩いて二十分ほどの距離に、その料亭はあった。タクシーを使わずにあえて徒歩で向かったのは、父との会食を先延ばしにしたい気持ちがあったから。それでも約束の時刻には間に合わせたのに、先に個室へ入っていた父からは案の定、「遅い！」と叱責された。

「申し訳ありませんでした」

相変わらずの暴君ぶりに、ため息を禁じえない。

遅刻したわけでなし、そもそも急に呼びつけたのはそちらなのにと心の中でひとりごち、父の向かいに座った。

高価な調度品が品良く配された和室は、通勤着姿のくたびれたＯＬには居心地が悪い。早く用件を済ませて帰りたかった。

ほどなく、テーブルに料理と酒が運ばれてくる。どうやら父があらかじめ注文していたようだ。苦手な料理はなかったが、楓馬さんならメニューを選ばせてくれるのになと思った。

「…………」

さて、いつ話を切り出されるのかと身構えているのだけれど、父はとりあえず食事にとりかかるらしい。それを見て、私も箸をとった。

見栄っ張りな父が愛用する店だけあって、並んだ料理はどれも華やかで美味しそうである。

けれど、不機嫌さを隠そうともしない顰め面の父を前にしていては、どんな料理も砂を噛むように味気なかった。

（せっかくの料理なのに、作ってくれた人に申し訳ないな……）

私は父に気づかれないよう、そっとため息を吐く。

空気の悪さに食欲がわかず、箸もあまり進まなかった。

「志穂」

料理の三分の一ほどを食べ、グラスビールを一杯空けた父がようやく口を開く。

私は反射的に背筋を伸ばし、続く父の言葉を待った。

「お前、楓馬くんとはいったいどうなっているんだ」

ああ、やっぱり。予想通りの問いに、私は逡巡の末、「変わりありません」と答える。

実際、海外出張中の楓馬さんからはいつもと同様に最低でも一日一回はメッセージやメールが届いているし、未だ『美穂の身代わり』に対する執着は薄れていないように思える。

だが私の答えは、父のお気に召さなかったらしい。

「変わらないとはどういうことだ！　もう一年以上経つのに、いつまでダラダラと交際を続ける気でいる！　結婚の話は出ていないのか!?」

「…………」

父はもう一年以上と言うが、私にとっては美穂を亡くしてまだ二年も経っていない。

ただ、婚約の話があまりにも早く出たから、父はトントン拍子に結婚までいくと期待していたのだろう。しかし実際にはそこから話が進まず、苛立っているみたいだ。

「こちらから三柳の家にそれとなく結納の日取りや式の話を向けても、反応が悪い。楓馬くんは本当にお前と結婚する気があるのか？」

「それは……」

確かに私は婚約者として彼と交際しているけれど、結納や結婚などの話を楓馬さんからされたことはなかった。

彼が本当はどう思っているのか、私と結婚するつもりがあるのか、私にはわからない。

そして私の方は、婚約者という立場にいることさえ後ろめたく感じているのに、この上結婚まではと尻込みする気持ちが強かった。だから、楓馬さんが具体的な話を出さないことに安心すらしている。

（だって、私なんかが楓馬さんの妻になっていいはずがないもの……）

それに、結婚してから別れるより、する前に別れた方がお互いのためだろう。どうせ今の関係は、そう長くは続かないのだから。

「私達には、結婚はまだ早いのではないかと……」

美穂の時と違って、私と楓馬さんは婚約を結んでまだ一年半ほどしか経っていない。

そう控え目に告げると、父はグラスをテーブルにダン！　と叩きつけて怒鳴った。

「そんな悠長なことを言っている場合じゃないんだ！」

「……っ」

びくっと身体を竦ませる私の前で、父はイライラしながら自分のグラスにビールを注いだ。

「無能な部下がポカをやらかして、大きな取引がいくつか頓挫してしまった。おかげでうちの会社は……。くそっ！　銀行も追加の融資を渋っている。婚約だけではいつこの縁談をなかったことにされるかわからない。お前が楓馬くんと結婚さえすれば、三柳家との繋がりが強固になるんだ。あちらは嫁の実家の会社を見捨てたりはしないだろう。三柳建設が後ろ盾になれば銀行も金を貸すし、他社に奪われた顧客だって、取引先だって、うちに戻ってくるはずだ……」

父はブツブツと、愚痴ともぼやきともつかないことを呟く。

なるほど。やけに苛立っていると思ったら、会社の経営が上手くいっていないのか。

私は無意識のうちに、膝の上に置いていた手をきつく握り締める。

「……そうだ。楓馬くんはあの若さですでにいくつものプロジェクトを成功させているらしいじゃないか。しばらくうちの会社に出向してもらって、問題のある部署を立て直してもらうのもいいかもしれないな。三柳社長も、息子のためなら便宜を図ってくれるだろうし……」

「っ！　お父さん、それは……」

元々美穂と楓馬さんの婚約も、私との婚約も、父の会社のための政略結婚という意味合いが強いものではあったが、それにしたって父の考えは度が過ぎているのではないか。

自分と楓馬さんが結婚さえすれば三柳建設が後ろ盾になり、問題が解決するというのは、経営者としてあまりにも短絡的で楽観的な考えだ。それに、楓馬さんや三柳家を一方的に利用する気でいるのも不快だった。

（まして楓馬さんを、父の会社で働かせるなんて……）

関係のない彼に尻拭いをさせる気なのかと眉をひそめる私を前に、機嫌を直した父はさもいいことを思いついたとばかり、饒舌に会社の展望――いかに楓馬さんや三柳家を使うかを語る。

しかしそれは、どれも他力本願な夢物語にしか聞こえない。

（だめだ……）

父がここまで愚かな人だとは思わなかった。

こんな人の不始末に、楓馬さんや三柳家を巻き込みたくない。

（……もう、潮時なのかもしれないな……）

ほとんど手をつけていない懐石料理を眺め、思う。

父の会社の経営が悪化している今、楓馬さんが私と結婚するメリットはほぼないだろう。それどころか、今のままでは迷惑をかけることになりかねない。

それに元々、私は期間限定の身代わりのつもりだった。

彼が望んでくれる間は傍にいたいと、楓馬さんが別れを切り出すまではと、ずるずる関係を続けてしまったけれど、こうなったからには私から婚約破棄を申し出た方がいいのかもしれない。

でも……

『志穂』

大好きな優しい笑みを浮かべ、私の名前を呼んでくれる楓馬さんの姿が脳裏を過り、決心が鈍る。

この期に及んでもまだ、私は彼と別れがたく思っているのか。

「おい、聞いているのか志穂。お前の将来にも関わることなんだぞ」

「……はい」

父の身勝手な話を従順に聞くふりをしながら、私は心の中で葛藤していた。

楓馬さんのことを想うなら、早く別れるべきだ。父はきっと彼にも、彼の家にも迷惑をかけるだろうし、こんな不毛な関係は長く続かないと、最初からわかっていたじゃないか。

そう思う一方で、いよいよ近くに感じる別れの気配から目を逸らしたがっている自分もいる。

(私はいったい、どうしたらいいんだろう……)

父との会食から数日後。心の内に迷いを抱えたまま、私は都内にある霊園を訪れていた。

今日は美穂の月命日だ。上司から溜まっている有給休暇を消化するように言われたので、この日に休みをとり、お墓参りに行くことにしたのだった。

それに、美穂のお墓と向き合えば、胸に巣食う迷いにも答えを出せるのではないか。踏ん切りをつけられるのではないか。そんな思惑もなくはなかった。

黒いワンピースに通勤用の地味なグレーのコートを羽織り、ヒールの低い黒のショートブーツを履いた足で石畳の上を歩く。

今日は髪を巻いていないし、お化粧もベースメイクだけ。

かつて、私はワードローブの大半が黒か灰色、白で埋まっていた。そんな私に、美穂はよく「地味！」と苦言を呈していたので、彼女がこの姿を見たら、「相変わらずだなあ、志穂は。もっとお洒落しなよ」と呆れた顔で言うかもしれない。

そう思いつつ、お墓参りならこれくらい地味な方がＴＰＯに合っているだろうから許してほしいと、心の中で言い訳する。

それに、美穂の代わりに楓馬さんの婚約者になって、前よりお化粧も上手になったし、着る服の幅も広がったけれど、私はやっぱり地味な恰好の方が落ち着くのだ。

平日の午前中だからか、霊園は人もまばらだった。

どこからともなく漂うお線香の匂いにしんみりとした気持ちになりながら、目的のお墓へと辿り着く。

黒御影石に『桜井家之墓』と刻印された和型のお墓は、私達が高校生の時に亡くなった父方の祖父が生前に建てたものだ。ここには私達が生まれる前に亡くなった祖母と、祖父。そして美穂が眠っている。

「あれ……？」

水鉢の両脇にある花立てに、桔梗の花が一輪ずつ飾られていた。そして香炉にも、ほとんど燃え尽きかけている線香が置かれている。

どうやら私の前に誰かがお参りに来たようだ。両親だろうか……？

でも、父がわざわざ仕事のある日にお墓参りをするとは思えないし、あの見栄っ張りの母が、桔梗の花を二輪だけ持ってくるということはしないだろう。

（……もしかして、楓馬さん……？）

一輪ずつ飾られた桔梗の花に何か意味があるような気がして、私はバッグからスマホを取り出し、花言葉を検索する。

そして出てきた答えに、ハッと息を呑んだ。

桔梗の花言葉は『永遠の愛』。

ああ、やっぱり。この花をここへ飾ったのは、美穂に贈ったのは――楓馬さんなんだ。

花言葉に想いを託すなんて、ロマンチストな彼らしい。

「敵わない、なぁ……」

亡くなって一年以上の月日が経ってもなお、楓馬さんの心は美穂にある。

それを改めて思い知らされた気がした。

「………」

私もここへ来る前、お花屋さんで墓前に供える仏花を買ってきたのだけれど、彼の想いが込められた桔梗の花を邪魔するようで忍びなく、包装を解かずに持ち帰ることにした。

花束をそっと脇に置いて、バッグからお線香の箱とライターを取り出す。

ライターでお線香の端に火を点ければ、白い煙と共に沈香の香りが鼻を掠めた。

それを香炉に上げ、両手を合わせ、私は心の中で美穂にそっと話しかける。

（久しぶりだね、美穂。ずいぶんと間が空いてしまって、ごめんなさい）

先月はここに来られなかった。無沙汰を詫び、続けて近況を話す。

（私は相変わらず、かな。会社に行って仕事をして、時々楓馬さんと会って……。仕事はね、楽しいよ。理不尽な思いをすることもあるけれど、デスクワークは私の性に合ってるし）

そういえば、美穂には昔、「一日中数字と向き合う仕事なんて、考えただけで頭が痛くなりそう！」って言われたこともあったっけ。

でも私は経理の仕事が好きだ。計算がピタリと合った時の達成感や満足感は癖になるし、専門性の高い仕事なので転職に有利。万が一、今の会社を辞めることになっても、次に繋げることができるだろう。

これは一人でも生きていけるように、職に困らないようにと選んだ道だ。

幸いにして今の職場は人間関係も良く、働きやすい。さっきは転職に有利……と言ったけれど、今の会社を辞める気はない。

そして、楓馬さんとの関係は――

（楓馬さんは相変わらず、とても良くしてくれるし、優しくしてくれるよ。でも……）

それはきっと、本当なら美穂にしてあげたかったことなんだと思う。

だって彼は今も、『永遠の愛』を表す花を贈るくらい、美穂のことを想っているんだもの。

凛と咲く紫の花を見つめ、胸がツキンと痛んだ。

「……っ」

わかっていたことじゃないか。

自分は、美穂の身代わりに過ぎないんだって。

私が美穂の妹で、同じ顔をしているから傍に置いてくれただけなんだって。

（……わかって、いたのになぁ……）

いつか彼が離れていく日が来るって、覚悟していたはずなのに。

そうなった時に深い傷を負うことがないよう、身構えていたのに。

いざその時のことを考えると、寂しくて、手放したくなくて、未練が募る。

「美穂……」

もし姉が今の私を見たら、どう思うだろう。

自分の恋人を奪って、本来自分がいるはずだった場所にいる私を恨んでいるだろうか。

憎んでいるだろうか。

本当は姉の代わりとしてではなく、志穂として愛されたいと願う私を、楓馬さんの愛情が欲しくてもがく私を、みっともないと嗤うだろうか。

（私は……少しだけ、美穂のことが憎いよ……）

楓馬さんの心を奪ったまま、いなくなってしまった姉が憎い。

彼に愛された美穂が、今も愛されている美穂が、羨ましくて妬ましい。

でも一番憎いのは、姉への嫉妬心と、楓馬さんへの執着を捨てきれない自分自身だ。

「……ごめんなさい……」

私は、間違えてしまった。

美穂の代わりに楓馬さんの婚約者になれという両親の命令を、受け入れるべきではなかった。

あの通夜の日に、楓馬さんに縋ってはいけなかったのだ。

私さえ毅然としていれば、こんな胸をかきむしられるような苦しみや、後ろめたさを味わうこともなかっただろう。

もっと純粋に、美穂の死を悼むことができただろう。

「ごめんなさい……っ」

楓馬さんに会えるのは嬉しい。優しくされるのも、甘やかされるのも、心が温かくなる。幸せを感じる。

でも同じだけ……ううん、それ以上に怖かった。

美穂と、楓馬さんへの罪悪感に押し潰されて、心が軋む。

もう、限界だったのだ。父の会社のことがなくても、自分はきっと遠からず、別れを選んでいた。

彼の婚約者になって、約一年半。よくもった方……なのかな。

けれど、いい加減、こんな不毛な関係は終わりにした方がいい。今日、美穂の墓に捧げられた花を見て、楓馬さんの心を知って、ようやく決意が固まった。

(今日、ここへ来て正解だったな……)

彼がこの先もずっと美穂への想いを貫くのか、それとも他の女性と結婚するのかはわからない。ただ少なくとも、亡くなった婚約者の妹を身代わりとして傍に置くような虚しい関係を続けるよりは、別れてしまう方がよっぽど楓馬さんの幸せに繋がる気がする。

父が、楓馬さんや三柳家を利用する口実もなくなるし……

「……また、来るね」

その時にはもう、私は楓馬さんの婚約者ではなくなっているかもしれない。

最後、もう一度墓前に手を合わせた私は風に揺れる紫の花を見つめ、ただただ美穂の冥福と、楓馬さんの幸福を祈った。

楓馬さんとの関係を終わらせる。

そう美穂の墓前で決意したものの、私はなかなかその話を彼に言い出せずにいた。

楓馬さんの仕事がますます忙しくなり、会う時間がとれなかったのだ。

メールや電話で簡単に済ませられる話ではないし、かといって多忙な彼に無理やり時間を作ってもらうのも申し訳ない。時間を空ければ空けるほど未練が募り、別れを切り出せなくなるかもしれないと不安を感じつつも、私は私で師走の忙しさに追われていた。

そしてクリスマス直前の週末、私は実家の母に呼び出しを受ける。

父の時も似たようなものだったが、前日の夜に突然「明日、うちに来なさい。いいわね」と電話がかかってきたのだ。

どうせ、ろくな用件ではないだろう。

そう思ったものの、楓馬さんとの婚約に関する大事な話があるとのことだったので、渋々実家に足を向けた。

今日は日曜日だったのだけれど、父はゴルフに行っていて留守らしく、家には母だけ。婚約に関する大事な話なのに、父は同席しないのだろうか。

(てっきりまた、結婚の話が進まないことを叱責されるかと思ったのに)

「久しぶりね、志穂。相変わらず陰気くさいこと。もっとマシな恰好をしなさいと言っているでしょう?」

実家に帰るために労力を使うのが惜しく、私は普段通りの薄化粧と地味な服装だった。ただ、母は以前、美穂のような服装で来た時にも嫌味を口にしたので、結局この人は私が何をしても気に入らないし、文句を言ってくるのだと諦めている。

母の嫌味を聞き流し、まずは仏間に寄ってお線香を上げた。仏前には、大輪の菊を始めとする美しい仏花が供えられている。

亡き祖父母、そして美穂に挨拶を済ませてリビングのソファに腰かけたところ、母はさっそくとばかりにくどくど難癖をつけ始めた。

要約すると、手土産の一つも持ってこない、滅多に連絡も寄越さず、実家にも帰ってこない私はとんでもない親不孝者だということのようだ。

そうして「美穂ならこうだったのに」「美穂ならこんな不義理はしないのに」とひとしきり私を詰ったあとは、仕事一辺倒の父についての愚痴が始まった。特に最近は会社の経営が悪化しているので父の機嫌も悪いらしく、鬱憤が溜まっているようだ。

人前では仲の良い夫婦を演じている両親が本当は上手くいっていないことは、昔から知っている。亭主関白の父に抑圧されている母は、日ごろの鬱憤を晴らすみたいに延々と愚痴を零し続けた。

……もしかして、私は母のサンドバッグ役になるために呼ばれたのだろうか。

ちっとも楓馬さんとの婚約に関する話に触れられない中、愚痴を聞き流すのも嫌になって、もう帰ろうかと思った時、母がようやく本題に入った。

「あなた、楓馬くんとはちゃんと上手くやっているんでしょうね？」

「……はい」

近く関係の解消を切り出そうとしていることは、この人には言わない方がいいだろう。楓馬さんに話す前に父に漏れでもしたら、きっとどんな手を使ってでも反対してくるはずだ。

「交際は順調だと思います」

父の時に「変わりない」と答えたら怒られたので、今度はそう告げる。

しかし母はにやりと唇をつり上げ、鬼の首をとったような顔で「うそおっしゃい」と言った。

「うそでは……」

「ならどうして、楓馬くんが他の女と見合いなんてするのよ」

「えっ」

楓馬さんが、お見合い？

（そんな話、聞いてない……）

動揺する私に、母は嬉々としてまくしたてた。

「知り合いの奥様から教えていただいたの。相手は銀行家のお嬢様ですって。留学経験もあって語学堪能（たんのう）、それはもう才色兼備で素敵なお嬢様らしいわよ。あちらのご両親も、楓馬くん本人も大層気に入った様子で、正式な婚約は秒読みじゃないかって、もっぱらの評判らしいわ」

（あ……っ）

もしかしてその縁談相手のお嬢様って、以前、楓馬さんと一緒にカフェから出てきた、あの女性なんじゃ……

「そりゃあね、うちの娘と婚約しているのにお見合いだなんて、ずいぶんと馬鹿にされたものだけど。でも仕方ないわ。やっぱり志穂じゃ、美穂の代わりは務まらなかったのよ」

父が勝手に社運をかけている三柳家との縁組が破談になりそうだというのに、母は嬉しくてたまらないといった様子で言葉を続ける。

「おかしいと思ったのよね。婚約の話から一年以上経っているのに、あちらからは結納や結婚の話が出ないし。お父さんも、こちらからそれとなく打診しても、なしのつぶてだって怒っていたわ」

言っていることは先日の父と同じだが、母は焦るどころかそんなことは当然だと言わんばかりの態度だった。夫婦間でずいぶんと認識が違う。

「ちょっと、聞いているの？」

「…………」

けれど私は、楓馬さんが別の女性――おそらくあの日見かけた女性と見合いをしていたということに衝撃を受け、何も言えなかった。

彼の心は、今も美穂にあるのではなかったのか。

それとも美穂を心に残したまま、彼女を伴侶とすることにしたのだろうか。

私が自分から別れを切り出すまでもなく、楓馬さんは私を捨てるつもりだった……？

答えない私に焦れたように「ふんっ」と鼻を鳴らし、母は話を続ける。

「だから私は最初から反対したのに。お父さんが聞く耳を持たないから、結局他の家に楓馬くんをとられて恥をかくことになるんじゃない。まったくみっともないったらないわ。美穂は不慮の事故だったから仕方ないけど、あんたは楓馬くんにとっても三柳家にとっても、必要のない人間だから捨てられるのよ」

姉の代わりに妹を宛がってでも名家との縁を繋ぎたかった父と違い、母は最初から私達の婚約が気に入らなかった。美穂が得るはずだったものを私が手に入れるのが許せなかったのだ。

だからこんなにも嬉しそうに、楓馬さんと他の女性との縁談の話を私に聞かせ、全ては私のせいなのだと責めるのだろう。

でも、どうして……

「これでよかったのよ。あんたなんかに婚約者をとられるなんて、死んだ美穂がかわいそうすぎるもの」

私のことは、かわいそうだと思ってくれないの……？

「あんたも、楓馬くんの婚約者だなんて分不相応な夢を見て、これまで良い思いができたんだから、もう十分でしょう？　潮時よ。楓馬くんを美穂に返してあげなさい」

（……あなたに言われるまでもなく、そのつもりだったよ）

私は心の中でひとりごち、他の女性と結婚しようとしている人を、亡くなった自分の娘に返してあげなさいと諭す母に、乾いた笑みを浮かべる。

「それに、あんたの次の相手は私がちゃんと見つけておいてあげたから、安心しなさい」

「え……？」

思いがけない言葉に瞠目する私に、母は「あんたにはもったいないくらいのお相手よ」と言いつつ、釣書を見せてきた。

（……っ）

添付された写真には、私より二十歳は上の……私より両親に近い年代の中年男性が写っている。腹回りにはたっぷりと肉がついていて、白髪交じりの髪はすっかり薄くなっていた。その容姿はお世辞にも良いとは言えず、脂ぎったにやけ顔に怖気が走る。

いくらなんでも、未婚の娘にすすめるような相手ではないだろう。

「三柳家には劣るけれど、とても裕福な方なのよ。……さっきも言った通り、このところお父さんの会社が上手くいっていないの。私もちょっと……ね。お父さんに内緒でお買い物しすぎちゃって、困っているのよ。でもこの方が志穂の写真を見て、気に入ってくださってね。あんたと結婚できるなら援助してくださると言うのよ。どう？　良いお話でしょう？」

「お母さん……」

どうやら母は、父に隠れて借金まで作っていたらしい。

そして金のために、娘に身を売れと言っているのだ。

（ひどい、ひどいとは思っていたけど……）

「はは……っ」

この時、自分の中でかろうじて繋がっていた細い糸が、ぷつんと音を立てて切れた気がした。

この人は父と同じく、私のことを都合の良い駒としか思っていない。

彼女は、自分と美穂だけが可愛いのだ。

(私も美穂と一緒に、この人から生まれた実の娘なのになぁ……)

中学生のころに一度、自分は両親と血が繋(つな)がっていないんじゃないかと疑って、戸籍を調べたことがある。顔だけは美穂とそっくりなのに、自分だけがもらわれっ子だと思うなんて、馬鹿だよね。

その結果、案の定、私は両親の実の子どもで、血が繋(つな)がっているのに愛されないという現実に、より打ちのめされただけだった。

もし私が美穂だったなら、母は決してこんな縁談を持ち出したりはしなかったはずだ。

どうして、こんなにもわかり合えないんだろう。

どうしてこんなにも、愛されないんだろう……

「……ねえ、お母さん」

私は両手をぎゅっと握り締め、美穂と……そして私と似通った顔立ちの母に問いかけた。

「お母さんにとっての可愛い娘は、美穂だけなの？」

「はぁ？」

私の質問に、母が柳眉をひそめる。

それから呆れたような声で言った。

「今更なに？　当然でしょう？」

その表情にも声にも、私に対する情はひとかけらも感じられない。

（わかって、いたんだけどなぁ……）

改めて言葉にされると、心に虚しさが吹き込んできて、じくじくと痛む。

両親に愛されていないことをわかっていながら、それでもあの人達の娘でいたのは、心のどこかで、いつか自分も美穂みたいに愛してもらえる日が来ると信じていたかったからなのかもしれない。

でもそんな微かな望みは今、粉々に砕け散った。

私の前で、母は水を得た魚のように、いかに美穂が可愛く優秀であったか、いかに私が不出来でだめな娘かを語った。

「本当にあんたは昔から可愛げってものがないわ。その点、美穂はいるだけで周りの気持ちを明るくしてくれる子で、気が利いて、優しくて……」

私はそれを、黙って聞いた。

きっとこれが最後だからと、自分に言い聞かせて。

やがて、ひとしきり語った母がお茶を飲むため、ようやく口を噤む。

「それなら、私みたいな娘はもういらないよね」

「え……？」

私は母の顔を真っすぐ見据え、決別の言葉を告げた。

「私も、私を苛むばかりの親はもういらない」

自分を愛してくれない、愛そうともしない人に執着するのはもうやめにする。

そんなのは苦しいばかりだと、痛いほど思い知ったから。

きっと、私と両親はどこまでいっても理解し合えないだろう。

私はこんな人達のために、好きになれそうもない男性と結婚するつもりはない。

今のところ、この縁談は母だけが言っていることだけれど、楓馬さんとの婚約が破棄されれば、父も金のために私をこの男性と結婚させようとするかもしれない。それは耐えられなかった。

私自身も楓馬さんも、こんな人達に利用させたりしない。

それに私はもう、親に庇護してもらわなければ生きていけないような子どもじゃないのだから。

働いて、一人で生活を営める、一人前の大人だ。

この家を出る前の、狭い世界しか知らなかったころの自分なら、こんな風に思い切ることはできなかったかもしれないけれど。

「あんた、急に何を言って……」

「私はこの家と縁を切ります。今後、私はあなた達のことを親だとは思いません。私を娘と思ってくれなくていいです。相続も放棄しますし、返せと言うならこれまで私の養育にかかった費用もお返しします」

元々、父の会社は父の甥、つまり私の従兄が継ぐ予定だったたし、遺産も当てにしていなかった。

これまでにかかった養育費は、さすがに今すぐに耳を揃えて返すことはできないけれど、少しずつ返していけるくらいの稼ぎはある。

「なっ、そ、そんなっ、生意気なことを……っ」

「それでは、失礼します」

「こ、後悔しても知らないわよっ！　せっかく私が良い縁談を用意してあげたのに！　もう援助してあげませんからねっ！　泣きついたって許さないから！」

母の金切り声を無視して家を出る。罵声はあれど、私を引き止める言葉はない。

「…………」

早足で数百メートルほど歩いたところで、私はぴたりと立ち止まった。

（もう援助してあげませんからね、だって……）

大学を卒業して以来、実家に援助されたことなんてないし、こちらからねだったこともない。第一、今援助を必要としているのは母の方だろうに。

もし学費や生活費のことを言っているのだとしたら、少なくとも義務教育までの費用は援助ではなく、親が支払ってしかるべき費用だと思うんだけどなぁ。

まあそれだって、恩に着せられるくらいなら全額返すけれど。

「……ふふっ」

縁を切ると言った時の、母のぽかんとした顔。

それから、負け惜しみみたいにぶつけられた言葉を思い出し、笑いが込み上げてくる。

私はずっと、あんなものに執着していたんだ。馬鹿みたいだなあ……

自らそれを断ち切った今、がんじがらめの鎖から解き放たれたような、清々した気分だ。

ある意味、最低な縁談を持ち出してくれた母に感謝している。そのおかげで、ようやく思い切ることができたから。

(……でも……)

あんな親でも、一度でいいから愛されたかった。

父に、駒としてではなく娘として見てもらいたかった。

母にだって、姉と同じくらい可愛がってもらいたかったなぁ……

やっと決別できたとはいえ、この歳までずっと抱えてきた思いと痛みは、そう簡単には消えてくれない。

私の胸には晴々（はればれ）しい気持ちと同じだけ、寂しさや悲しさがあった。

それでも、これから先もずっとあの両親と関わり続けるよりはマシに思える。

関われば関わるほどに自分が傷つくだけだと、もう十分すぎるほどわかったから。

（……しっかりしなきゃ）

いつまでもうじうじと、不幸に酔って傷ついているわけにはいかない。

（美穂の身代わりも、終わりにする）

楓馬さんが他の女性との縁談を進めているなら、時を待たず彼の方から別れを切り出されるかもしれない。

でも最後くらい、私からさよならしたっていいよね……？

私は晴れやかで、しかしどこか寂しげな薄青の空を見上げ、思う。

（これまでのこと、ちゃんと謝ろう。それから、今までのお礼も言わなくちゃ。そして——）

最後に、『美穂』としてではなく『志穂』として、彼に想いを伝えてもいいだろうか……？

ずっと胸に抱えていた私の想い。

それが叶うことはないだろうけれど、楓馬さんに告げることができたなら、スッキリとした気持ちで、前に進める気がするんだ。

七　姉の想い、彼の想い

実家で母に絶縁を宣言してから数日が経った。

あのあと、両親から何かしらの接触があるのではないかと覚悟していたけれど、今のところまったくない。

父が楓馬さんの新しい縁談の件を怒って私に文句を言ってくることも予想していたのだが、それさえないのだ。彼が見合いをしたという話を母が黙っているのかもしれないし、私の絶縁話も母が本気にせず、父には話していないのかもしれない。

あるいは父も絶縁について知った上で、連絡する必要も話をする必要もない、どうせあの子は自分達の言うことをきくはずだとでも思っているのか……

「……はぁ」

両親からの接触がないことにホッとする半面、不安が過(よぎ)る。

……どちらにせよ、一度発した言葉は覆(くつがえ)らないし、覆(くつがえ)すつもりもないけれど。

それに、両親の横やりが入らないうちに、もう一つの未練とも決別してしまわなければ。

そう考えた私は今、楓馬さんのマンションへと向かっている。

先日、彼に「どうしても直接会って話がしたい」と連絡をしたところ、今夜なら時間がとれると返事をもらったのだ。

今日は平日で、彼が仕事を終えて帰宅している時間は大体午後九時過ぎとのこと。なので、それに合わせて夕食を済ませてから家を出た。

出かける前にシャワーを浴びて化粧もし直したものの、今の私はこれまでのような美穂らしい、華やかな服装もメイクもしていない。通勤用のグレーのコートの下に着ているのは白いシャツと紺色のセーター、ブラックのスキニージーンズ。靴もヒールの低い黒のショートブーツだ。

我ながら地味だとは思うけれど、最後くらい、私らしい恰好で楓馬さんに会ってみたかった。

彼が暮らしているのは都心にあるタワーマンションで、最寄り駅から徒歩十分ほどの距離にある。

ここは三柳家が所有する物件の一つで、楓馬さんは大学時代には別のマンションで一人暮らしをしていたのだが、こちらの方が会社に近いからと、就職を機に引越したらしい。

美穂に代わり、彼の婚約者になって約一年半。ここへ足を踏み入れるのは初めて。これが最初で最後の訪問になるのだなと妙な感慨を抱きつつ、エントランス前のインターフォンに楓馬さんの部屋の合い鍵を差し込んだ。

鍵には、先月水族館へ行った時にもらったストラップがついている。

（この合い鍵を返す時には、これもちゃんと外しておかないと）

そう思いながら打ち込んだのは、鍵をもらった時に聞いた暗証番号だ。そうしてようやくエントランスの扉が開き、中へ入ることができた。

高級感漂う広々としたエントランスホールを抜け、エレベーターに乗り込む。

これを動かすのにも鍵が必要で、しかもエレベーターは該当の部屋があるフロアにしかいけない仕様になっていた。ちなみに合い鍵を持っていない場合は外のインターフォンで住人に連絡し、そちらからロックを解除してもらうらしい。さすが、うちのマンションとは段違いのセキュリティだ。

しばらくして、彼の部屋がある十五階へと運ばれる。

エレベーターホールを出ると、温かみのある間接照明に照らされた内廊下に、等間隔に扉が並んでいた。柔らかで踏み心地の良い絨毯といい、重厚感のある壁や扉といい、まるで高級ホテルのような内装に少しばかり気後れしてしまう。

（ここ……だよね……）

どの部屋も表札などは出ていなかったので、部屋番号に間違いがないかしっかり確認したあと、来訪を告げるために呼鈴を鳴らした。

ほどなく、内側から鍵が回る音が響き、扉が開けられる。

「いらっしゃい、志穂。今日は……なんだかいつもと雰囲気が違うね」

帰宅して間もないのか、まだスーツ姿の楓馬さんは私の姿を認めると、意外そうな表情を浮かべた。彼の顔に呆れや落胆の色は見えないが、優しい人だから、心で思っていても表には出さないでくれているだけなのかもしれない。

(でも、こっちの姿の方が本当の私なんですよ、楓馬さん)

言葉には出さず、心の中で呟いて、まずは「こんばんは。今日は突然すみません」と急な来訪を詫びる。

「ううん、会いに来てくれて嬉しいよ。こっちこそ、最近はなかなか時間がとれなくてごめんね。さあ、中へどうぞ」

楓馬さんに案内され、私はリビングへと通された。

彼の部屋は、私の部屋と同じ1LDK。しかし広さや設備、グレードが段違いだ。

黒を基調にシックなインテリアでまとまったリビングダイニングキッチンは、ここだけで私の部屋がすっぽり入ってしまいそうなほど広い。多忙な男性の一人暮らしの割に部屋の中が整っているのは、定期的にハウスキーパーを入れているからなのだろう。

テレビラックの隣にある背の高い棚には重厚な見た目のオーディオと、クラシックのCDやレコード、DVDなどがずらりと並んでいる。その中でもお気に入りなのだろうものは、ジャケットを見せるように飾られていた。

楓馬さんらしい、高級感のあるお洒落な部屋だ。彼にはよく似合っているけれど、私には不似合いで、どことなく落ち着かない気持ちにさせられる。

一瞬、別の場所――たとえばレストランとかカフェで待ち合わせ、そこで話をした方がよかったのかもしれないと思う。

けれどあまり人目のあるところでしたい話ではないし、何よりもうここへ来てしまったのだから今更だ。

(……それに、最後に一度くらい合い鍵を使ってみたかった)

手に持ったままだったストラップつきの合い鍵をぎゅっと握り、鞄に戻す。

話を終えたら、これを返さなければ……。

「今お茶を淹れるね。座って待ってて。志穂はコーヒーと紅茶、どっちがいい?」

「いえそんな、おかまいなく」

「自分の分を淹れるついでだから、気にしないでいいよ。会社で夕飯は食べたんだけど、足りなくてさ。パンでも食べようと思っていたところなんだ」

私をソファに座らせ、キッチンに向かおうとする楓馬さんがテーブルの上に視線を向ける。そこには菓子パンが入ったコンビニのレジ袋が置かれていた。

（楓馬さんも、コンビニのパンとか食べるんだ……）

なんとなく、高級ブーランジェリーのパンしか食べないようなイメージを持っていた。でも袋に入っているのは、私も何度か食べたことがある庶民的なパンである。

（……そう、だよね。今時、御曹司だってコンビニを利用したりするよね……）

「とりあえずコーヒーにするね」

「あ、はい。すみません」

キッチンに立った楓馬さんは「気にしないで」と言って、コーヒーメーカーを操作する。

あ、あれはうちの会社でも使っている、カプセル式のコーヒーメーカーだ。お手軽に美味しいコーヒーが飲めるとあって評判が良く、自宅でも使っているという人が多い。

整いすぎて生活感に乏しいと思っていた部屋も、よくよく見ればそこここに暮らしの痕跡が垣間見えて面白かった。

（当たり前だよね。彼は実際に、ここで生活してるんだから……）

そんなことを考えている間に、二人分のコーヒーをマグカップに入れた楓馬さんが戻ってくる。

そして彼は私の隣に座った。ここには大きなテレビの対面にこれまた大きなソファが一つしかないのだから仕方ない。けれど、思っていた以上に距離が近くてドキッとしてしまう。

「はい、どうぞ。ミルクと砂糖は入れておいたけど、足りなかったら言って」

「あ、ありがとうございます」

「どういたしまして」

楓馬さんはにっこりと微笑むと、たくさん砂糖を入れているだろうコーヒーを一口飲み、コンビニのパンに手を伸ばした。

袋を破って、チョコレートでコーティングされたパンにぱくっと齧(かじ)りつく。

そんな所作すら、この人がやるとどこかお行儀良く見えるのが不思議だ。

彼はあっという間にパンを平らげ、続けてもう一つ——今度はクリームたっぷりのフルーツサンドを手に取り、口に運ぶ。

よっぽどお腹が空(す)いていたのだろう。それもすぐさま楓馬さんのお腹の中に収まった。

「……お仕事、忙しいみたいですね」

いただいたコーヒーを一口飲み、私はそう話を振った。

「うん、まあ年末はどうしてもね。親父が常日頃から『うちの息子だからって遠慮せず、ビシバシこき使え』なんて言ってるもんだから、会社では本当に容赦(ようしゃ)なくこき使われてるよ。まあ、その方が俺もやりやすくて助かってるんだけど、いい勉強になるし……」

彼は、疲れの色を見せつつも充足感に満ちた表情で言った。きっと今の仕事が性に合っているのだろう。

次期社長としての重圧やプレッシャーもあるだろうに、楓馬さんはしっかりと周りの期待に応えている。彼のそういうところも尊敬しているし、大好き……だった。

「でも、せっかくのクリスマスも会えずじまいで本当にごめん」

ああ、そういえば昨日はクリスマスだったっけ。楓馬さんとの婚約を解消することで頭がいっぱいで、すっかり忘れていた。

「いえ……」

「そうだ、ちょっと待ってて」

彼はそう言うと、ソファの背後にある扉の向こう——おそらく寝室に入っていった。

そしてすぐ、ラッピングされた箱を持って私の隣に戻ってくる。人の頭くらいはあろうかという、丸形の箱だ。

「プレゼントだけは用意しておいたんだ。今日、志穂から会いたいって言ってもらえてよかった。一日遅れだけど、メリークリスマス」

「あ……っ」

どうしよう。クリスマスのことを失念していたから、私はプレゼントなんて何も用意していない。

第一、これから別れを切り出そうとしているのに、プレゼントをもらってしまっていいんだろうか。

「喜んでもらえるといいんだけど」

彼は期待に満ちた瞳で私を見ている。

私がこのプレゼントを受け取って、歓喜の表情を浮かべるのを心待ちにしているんだ。

でも、私がこのプレゼントをもらっていいわけがない。

そんな資格、私にはないんだから。

「……ごめんなさい、楓馬さん。私、受け取れません」

私は差し出されたプレゼントを、そっと彼の方に押し返した。

もう美穂の代わりに、あなたの好意を受け取ることはできないんです。

「志穂……？」

楓馬さんが、怪訝（けげん）そうな表情で私を見てくる。

私は両手をぎゅっと握り、意を決し、改めて口を開いた。

「今まで、たくさん、たくさん迷惑をかけて、本当にすみませんでした」

「志穂？　何を言って……？」

「私なんかじゃ、美穂にはとうてい及ばなかったでしょうし、至らない点も多かったでしょうに。とても優しくしてくださって、気を使ってくださって、ありがとうございました。……でも、もう十分です」
ずっと謝りたかった。ずっとお礼を言いたかった。
なのに、いざ言葉にすると、声が震えてしまう。
この期に及んでもまだ、身代わりでもいいから傍にいたいと心の中で叫ぶ自分がいる。
(……だめ。泣くな、泣いちゃだめ。楓馬さんをこれ以上困らせたくない)
もうすぐ、私達の歪(いびつ)な関係は終わる。私が、終わらせるのだ。
そう、何日も前に覚悟を決めたじゃないか。
「……っ、私との婚約を、解消してください」
深々と頭を下げ、絞り出すような声で懇願(こんがん)する。
すぐに頭を上げられないのは謝罪の気持ちからだけではなく、それを告げた時の彼の
ホッとした顔を見るのが怖かったから。
言い出しにくいことを、自分が言う前に相手が言ってくれた。
優しい彼は、そう口に出すことはないだろう。でも表情には出てしまうかもしれない。
安堵する楓馬さんの顔を、見たくない。
それとも彼は、まだ私に美穂の身代わりを求めるだろうか。
「…………………」
しばらく待っても、楓馬さんからは何の反応もなかった。

恐る恐る顔を上げると、彼は驚いた表情のまま固まっている。

さすがに突然すぎたのだろうか。そう思うものの、一度放った言葉は覆らない。

「……それじゃあ、失礼しますね」

自分から別れを切り出したのに、これ以上楓馬さんの顔を見ていたら泣いてしまいそうだ。みっともない姿を見せたくなくて、そそくさと部屋をあとにする。

（あ……。結局、告白はできなかったな……）

別れを決意した時には、最後に想いを伝えようと考えていたのに、なんとなく言えないまま、あの場から逃げ出してしまった。

そう考えつつ靴を履き、扉を開けたところで、背後から「待って！」と引き止める声が響く。

「……っ！」

その声に一瞬動きを止めたものの、私はすぐさま部屋の外に出た。そしてこれ以上話すことはないと、エレベーターに向かって駆け出す。

ボタンを押すと、ちょうどこの階に止まっていたらしく、すぐにエレベーターの扉が開く。

一階を押し、『閉』のボタンを押す寸前、バタン！　と玄関の扉が閉まる音と、誰かがこちらに走ってくる足音が聞こえた。

「志穂！　待って！」

楓馬さんが追いかけてきたのだ。けれど彼の姿が見える前にドアが閉まり、エレベーターが動き出す。閉鎖された空間の中で、私はドクンドクンと脈打つ胸をぎゅっと押さえた。

（追いかけないで、放っておいて……）

期待して、裏切られて。傷つくのはもうたくさんなの。

ようやく断ち切れた未練を、執着（しゅうちゃく）を、呼び起こさないで。

（早く……！）

祈るような気持ちで、階数を示す表示板を見つめる。

来た時よりも長く感じられる時間のあと、ようやくエレベーターの扉が開いた。

ここまで来れば大丈夫だろう。ホッと息を吐き、出入り口に向かって歩き出した私の背後から、エレベーターの到着を示す音が響いた。

（うそ……）

このマンションには、四基のエレベーターが設置されている。もしや私が乗ってきたエレベーターの他にも、近くの階で止まっていたものがあったのだろうか。

（ううん、楓馬さんとは限らない）

他の住人が下りてきただけかもしれない。そう思いつつ、私は再び駆け出した。

あと少しで外に出られる！　マンションを離れ、雑踏に紛れたら、楓馬さんが私を見つけることは難しくなるだろう。

けれど自動ドアを潜る寸前、背後から迫る人影にぐいっと腕を掴まれ、引き寄せられてしまった。

「志穂！」

「あっ……」

やはり楓馬さんが追ってきたのだ。びくびくしながら見上げた彼は、今までに見たことがないくらい必死の形相で、私をきつく睨みつけていた。

「どうして逃げるの」

強張った声で、楓馬さんは私を詰問する。

「どうしても直接会ってしたい話が婚約破棄？　はは……っ、まさかこんなに突然、志穂から別れを突きつけられるなんて思わなかったよ」

「楓馬さん……」

もしかして、私の方から別れを切り出したから不快に思っているのだろうか。

私は彼から捨てられるのを、大人しく待つべきだった？

「……他に、好きな男でもできたの？」

腕を掴む楓馬さんの指に力が籠って、私は痛みに顔を歪める。

「ちがっ……！」

「じゃあどうして！」

叫ぶなり、楓馬さんは私の身体を抱き締めた。

まるで決して放すまいとするかのように、強く。

（どうして……？）

問いたいのはこちらの方だ。

「上手くいってると思っていたのは、俺だけだった……？」

どうしてそんなこと言うの……

「だって、私はもう、楓馬さんに必要ないでしょう？」

「志穂……？」

我慢していた涙が、とうとう堰を切って溢れ出す。

「楓馬さんに新しい縁談の話があるって。あなたも、ご両親も乗り気だって聞きました」

なのにどうして、私を抱き締めるの。

どうして私を追いかけてきたの。捕まえたの。

まるで私に未練があるみたいな、そんな素振りを見せて私の心をかき乱すのはやめて。

やっと、この恋を手放す決意ができたのに、期待なんてさせないで！

「それとも……他の人と結婚しても、私を傍に置いておくつもりだったんですか？」

「違う！　そもそもそんな話、いったいどこから……」

「うちの母が言っていました。正式な婚約も秒読みだろうと、もっぱらの評判だって」

「それは誤解だ。俺は志穂以外の女性と婚約する気も、結婚する気もない」

ようやく彼の腕の拘束（こうそく）が緩み、私は改めて楓馬さんと顔を見合わせる。

彼は痛みを堪（こら）えるような表情で私を正視していた。

「うそ……。じゃあ、あの人は誰なんですか……？　先月の終わりごろ、楓馬さんが女性と親しげにカフェから出てくるところを見ました。とても綺麗で可愛らしい人で、私なんかよりよっぽど、楓馬さんに似合って――」

「先月の終わりごろ？　……ああ、なるほど。わかった。そういえばあの店は、志穂の会社の近くだったね」

「……はい」

「ちゃんと説明するから、話を聞いてほしい。……ここじゃなんだから、部屋に戻ろう」

そう言って、楓馬さんは周りに視線を巡らせる。今は誰もいないけれど、ここはマンションのエントランスホールだ。いつ誰が来てもおかしくない。確かに、こんな場所で込み入った話をするのは避けたかった。

一度逃げ出した場所に戻るのはちょっと躊躇われたものの、上着も羽織らずに下りてきた楓馬さんを外の店へ連れ出すわけにもいかず、私は逡巡の末こくんと頷く。

そして彼は、私を逃すまいと手をきつく握り、エレベーターに乗って部屋へ連れ戻した。

お互い無言のまま、先ほど座っていたソファに腰かける。近くの床には私が先ほど返したプレゼントが転がっていて、申し訳ない気持ちになった。

「志穂の言う通り、縁談はあったよ」

私は床に落ちているプレゼントから目を逸らし、彼の言葉に耳を傾ける。

「というか、志穂と婚約してからも、美穂と婚約していた時も、うちには時々こういった話が持ち込まれていたんだ」

「え……っ」

私はともかく、美穂という非のうちどころのない婚約者がいた時にさえ、そんな話があったの？

「婚約者がいると知っていても、どうにかそれを破談にさせて三柳家と縁を結びたいって家は、残念ながらなくならないんだ。普段は相手にしないんだけど、今回は断りにくい筋から話を持ち込まれてね。一度だけという約束で、仕事の合間に顔を合わせた。志穂が見た女性は、その時の相手だと思う」

あのカフェを指定したのは相手の女性だったのだという。私の会社が近いのは知っていたが、まさか私に見られるとは思っていなかったと、楓馬さんは困り顔で言った。

「驚いたことに、相手の女性は美穂の大学時代の友達だったんだ。だから相手も俺のことを知っていて、一度会ってみたかったんだって。ああ、彼女には恋人がいて、この縁談を受けるつもりはないって、最初にきっぱりと言われたよ。だからあの日は一緒に食事をして、美穂の思い出話で盛り上がって、それきり。……でも、志穂には縁談が来ていること、ちゃんと断っていること、話しておくべきだったね。嫌な思いをさせて、本当にごめん」

「そんな……」

じゃあ母が言っていた話は、無責任な噂話に過ぎなかったということなの？

それなら、楓馬さんはまだ私を、美穂の身代わりとして必要としているのかもしれない。

しばらくは、私を婚約者として傍に置いておくつもりなのかもしれない。

（でも、私は……）

「……私、楓馬さんのことが好きなんです」

気づけば私は、自分の想いを彼に伝えていた。

「志穂……」

彼の目が驚きに見開かれる。

それはどこか、初めて会った日の楓馬さんの表情を彷彿(ほうふつ)とさせた。

「初めて会った時から、あなたに惹(ひ)かれていました。でも楓馬さんは美穂の、姉の婚約者で、好きになってはいけない人で。だけど、あなたを知れば知るほど、もっと好きになっていった。だからこそ仲睦(なかむつ)まじい美穂と楓馬さんの姿を見るのが辛くて、大学時代は距離を置こうとしました」

結局そうしても、楓馬さんへの想いは消えなかったけれど。

「あの日、美穂に大事な話があるって呼び出されて。きっと二人の結婚の話なんだろうなって思っていたのに、美穂は事故に遭(あ)って死んでしまって……」

そして通夜の日に、私は過(あやま)ちを犯した。

「私……っ、あなたに美穂を裏切らせてしまった。本当にごめんなさい……っ」

いくら心が弱っていたからって、許されることじゃない。

「志穂、あれは――」

「……っ、ごめんなさい。あんな風に、あなたに縋(すが)ってはいけなかったのに。あなたとの婚約の話だって、受けるべきじゃなかった」

「………」

彼は、何故か傷ついたような顔で私を見ている。

そして何か言いたげに口を開き、けれど結局言葉を呑み込んだ。

もしかしたら楓馬さんは、私の話を最後まで遮らずに聞こうとしてくれたのかもしれない。

「最初は、身代わりでもいいって思ったんです。美穂の代わりに、傍に置いてくれるならって。それが私にできる償いだという気持ちもありました。でも結局は、私が楓馬さんと一緒にいたいだけだった。なのに一緒にいればいるほど、あなたが今も美穂を愛しているのがわかって……」

姉の墓前に手向けられていた、桔梗の花が頭を過る。

美穂には勝てないと改めて思ったあの瞬間に、私はようやく別れを決意できた。

「楓馬さんのことが好きだからこそ、もう耐えられないと思ったんです。ごめんなさい……。新しい縁談の話は誤解だとわかりました。だけど、やっぱり私はこれ以上、美穂の身代わりにはなれません。本当に、ごめんなさい……」

楓馬さんや三柳家を、父や母に良いように利用させたくないという思いもある。けれど結局のところ、私は我が身可愛さに婚約を破棄しようとしているんだ。

これ以上傷つくのが嫌で、逃げ出そうとしている。

そんな私の話を最後まで聞いた楓馬さんは、「はあ……」と深いため息を吐いた。

彼の表情は、呆れているようにも、怒っているようにも見える。

そうさせたのは自分なんだと思うと申し訳なく、恥ずかしくてたまらなくて、私は深々と頭を下げ、謝ることしかできなかった。

「ごめんなさい、ごめんなさい……っ」

「いや、待って。志穂は謝らなくていい。今のはただ、自分の馬鹿さ加減に呆れていただけだから」

「楓馬、さん……？」

どうして彼が、自分のことをそんな風に言うのだろう。

「はあ……」

彼はまた深く息を吐き、それから改めて私を見つめた。

「言いたいことはいっぱいある。でも先に一つだけ。あのね、志穂。俺は今まで、一度だって君を美穂の身代わりだと思ったことはないよ」

「え……？」

今度は私が瞠目（どうもく）する番だった。

「どこから説明したものか……。そうだね、俺も最初からちゃんと話すよ。どうも俺達は根本からすれ違っていたようだから」

根本……？　すれ違い……？

それはいったい、どういうことだろうか。

「俺が大学一年、君達が高校二年の夏。俺は両親と共に初めて桜井の家へ行った。俺の婚約者候補に、君の姉である美穂の名が挙がったから。とはいえ、美穂との縁談は桜井家にばかりメリットのある話で、うちにはあまり旨味のないものだった」

だから、楓馬さんもご両親も、義理で一度会うだけのつもりだったのだという。

それは私も知っている。でも彼は実際に美穂と会って彼女を気に入り、婚約を結んだ。

「その場で、俺はある女性に一目惚れしてしまったんだ。縁談相手の桜井美穂じゃない。その妹である志穂、君に」

「……えっ」

何を言われているのか、一瞬わからなかった。

今、彼はなんと……

美穂ではなく、私に一目惚れ……？

「う、うそ……」

そんなこと、あるわけない！

「信じられないって顔をしているね。俺にしてみれば、どうして志穂がそこまで自分を卑下(ひげ)するのかがわからないよ。……まあ、あんな環境で育ったんだから、無理もないのかもしれないけど」

楓馬さんの整った顔が、痛ましげに歪(ゆが)められる。

「だ、だって。美穂は、美穂の方がずっと綺麗で、明るくて、人に好かれる……」

「確かに美穂は魅力的な女性だった。でも俺は、彼女の隣で静かに佇む志穂の方に心惹かれたんだ。……なんでこの子はこんなに寂しそうな表情をしているんだろう。俺が笑顔にしてあげたい。取り繕ったような愛想笑いじゃなく、心から笑わせてあげたいって。そんな風に思ったのは君が初めてなんだよ、志穂」

「うそ……」

「うそじゃない。現に俺は最初の顔合わせのあと、両親に美穂ではなく志穂と結婚したいと言い、桜井家にもそう申し出てもらった。ところが、それを聞いた君の母親が烈火の如く怒り狂って、『そんなことは絶対に認めない！』と突っぱねたんだ」

「え……」

楓馬さんが、三柳家が美穂ではなく私を婚約者にと申し出ていた……？

「その反応から察するに、やっぱり志穂の耳には入っていなかったんだね。それで、さてどうしたものかと思っていたら、美穂が俺のところに訪ねてきたんだ」

「美穂が？」

「うん。最初、俺はてっきり君達の母親と同じように『縁談相手を自分から妹に変更するなんてありえない』、と文句でも言われるのかと構えていたんだよ。でも実際は違った。美穂は開口一番、俺に『志穂の方を選ぶなんて、見る目があるじゃない』って言ったんだ」

「ええっ……！」

み、美穂がそんなことを？　楓馬さんに？

呆気にとられる私に、彼はくすくすと笑って「驚くのはまだ早いよ」と言葉を続けた。

「美穂は俺に、志穂や君達の両親のことを話してくれた。特に君達の母親が、病的なくらい姉妹を差別して育てていることを。美穂は美穂で、自分に理想を押しつけ、都合の良いお人形さん扱いする母親に鬱屈した思いを抱えていたらしい。あの母親は美穂の我儘ならなんでも聞きそうなくらい溺愛しているように見えたけど、実際は自分の意に沿わない言動は受け入れない……というか、なかったことにして認めなかったらしい。美穂はよく、宇宙人と話している気分になるって言っていたよ。実際、志穂に対する態度の件で何度苦言を呈しても聞き入れなかったし、下手に庇うと美穂を『優しい子』と褒めつつ、より苛烈に志穂を責めるから、表立って助けることができなかったそうだ」

（……美穂……）

確かに、美穂は陰ながら私を庇ってくれていた。

でも私が思っていた以上に、美穂は私を助けようとしてくれていたんだ……

「美穂は自分の家庭環境が異常であることを自覚していたし、それを変えられない自分に歯がゆい思いをしていた。そんな彼女にとって、俺や三柳家の存在はとても都合が良かったんだ」

「それは、どういう……」

「美穂はね、俺に仮面夫婦ならぬ、仮面婚約者にならないかと申し出てきたんだ。もし俺が志穂との婚約を強行したら、父親は喜んで受け入れるだろうけど、母親は目につかないところでより陰湿に志穂を苛むかもしれない。あの当時、君達はまだ高校生で親の庇護下にあった。まあ、婚約を盾に志穂を三柳家で預かることもできたんだけど……。美穂には美穂で仮面婚約者を必要とする事情があって、当初の予定通り自分と婚約してくれと頼まれたんだ」

「美穂の事情……？」

「そう。美穂にはね、当時、表沙汰にできない想い人がいたんだ」

「えっ……！」

美穂にそんな相手がいたなんてまったく知らなかったし、気づきもしなかった……

「相手は二十も年上の大学教授。美穂が通っていた女子高で時折授業を受け持っていてね。美穂と知り合う数年前に、若くして奥さんを亡くしていたらしい。美穂の方が先に彼を好きになって、猛アタックの末にようやく落とすことができたのは、美穂が大学二年の時だったかな。とにかく、いくら本人同士が真剣に交際していたとしても、相手は結婚歴がある年の離れた男。しかも名家の出でもないし、格別裕福なわけでもない。もし君達の両親が知ったらどうなるか、わかるだろう？」

「……はい」

あの両親が、そんな相手を認めるわけがない。きっとどんな手を使ってでも二人の仲を引き裂こうとしたはずだ。

「美穂には俺というカムフラージュが必要だった。俺を隠れ蓑に、自分の恋を成就させようとしていたんだ。そして俺は俺で美穂の婚約者を演じつつ、志穂の情報をもらったり、美穂を交えてではあったけど、志穂と過ごす時間を作ってもらったりしていた」

（うそ……それじゃあ、まさか……）

二人が婚約していた当時、美穂や楓馬さんがよく私も輪に加えてくれていたのは、そういう理由からだったの？

楓馬さんは最初から、私を見てくれていた……？

「ごめん。俺はてっきり、美穂が俺の気持ちを伝えてくれているものとばかり思っていた。そういう約束をしていたからね。それに、志穂が俺に好意を抱いてくれていることもわかっていた。ただ、それが男に向けるものなのか、兄のような存在に向けるものなのかは、わからなかったんだ。だから、志穂が一人暮らしを機に俺を避けるようになって、これは嫌われたのかな、フラれたのかなって落ち込んだこともあったけど、結局俺は志穂を諦められなかった。美穂が無事に相手の男と逃げられる算段がついたら、正式に志穂との婚約を申し出るつもりだった。……もし君が嫌がっても、家の力でもなんでも使って、志穂を手に入れるつもりだった」

「楓馬さん……」

一応、私に恋人がいなかったことは、美穂から聞いて知っていたらしい。

でも、いつそういう相手ができるかと思うと気が気ではなかったと、彼は苦笑交じりに告白する。

「君達が大学を卒業して、一年が経とうとしていたころ。美穂の相手が地方の大学に教授として招かれることが決まってね。美穂は彼と駆け落ちするつもりだった。あの事故の日、志穂は美穂に『大事な話がある』と呼び出されたと言っていたろう？　あれはたぶん、俺との結婚話なんかじゃなくて、自分の恋人のことや俺達の偽装婚約のこと、全てを志穂に告白しようとしていたんだと思うよ」

「美穂が……」

それじゃあ、あの花は――

「美穂の墓前に供えられていた、あの桔梗（ききょう）の花は……？」

月命日に墓地で見た花の話をすると、楓馬さんは「なるほど」と頷いた。

「きっと、美穂の恋人が手向（たむ）けたんだろう。彼は今遠い土地で暮らしているんだけど、美穂のお墓へお参りするために、時折東京に来ていると言っていたから」

（そんな……。私、てっきり楓馬さんが供えたものだとばかり……）

顔色を悪くする私を気遣う素振りを見せながら、楓馬さんは話を続けた。

「美穂の葬儀のあと、君達の父親から『美穂の代わりに志穂を新しい婚約者に』という打診があった。うちの両親は、俺や美穂の思惑を知っていて、いずれ志穂に婚約を申し出ることも賛成してくれていたんだけどね。さすがに美穂が亡くなってすぐにこんな話をしてくるなんてって、呆れていたよ」

「ご、ごめんなさい……」

「ああ、違うんだ。責めたいわけじゃなくて、非常識なのは俺も一緒ってこと。だって俺は、その申し出に喜んで飛びついてしまったんだから。志穂さんはお姉さんを亡くしたばかりなのにかわいそうだって、両親にはさんざん責められた」

「……父は、よっぽど美穂に未練があるんだなって。美穂と同じ顔の私を欲しがってるって……」

「そう思われても仕方のない行動だったね。ごめん。周りにどう誤解されても構わないんだけど、志穂にだけはちゃんと、自分の気持ちを伝えておくべきだった。本当にすまない」

「楓馬さん……」

「ずっと、俺が志穂を美穂の身代わりにしているんだと思っていた……？」

悲しげに問いかけられて、これまでとは違う罪悪感に胸が痛む。

「だって……初めて婚約者として会いに行った時、美穂みたいな恰好の私を見て、『美穂に似てる』って切なそうに……」

涙ぐみながらそう口にすると、楓馬さんは「うん……?」と首を捻った。

「そんなこと言ったっけ……? ああいや、とぼけているわけじゃないよ。ただ本当に覚えていなくて」

「うそ……」

私はあの一言を、ずっとずっと悩み続けていたのに。

「ああ、泣かないで。本当にごめん! うーん、たぶんだけど、それはそんな深い意味で言ったんじゃなくて、ただ単に『ああやっぱり双子って似てるんだなあ』ってくらいの……。ん? ということは、俺と会う時に志穂が可愛くお洒落してくれていたのも、美穂の身代わりのつもりだったから?」

こくんと頷くと、楓馬さんは「うそだろ……」と呟いて頭を抱えた。

「ごめん。なんとなく美穂っぽいなあとは思っていたけど、志穂も本当はそういう恰好に憧れていたのかな、可愛いなあとしか思わなかった。俺と会うためにお洒落してくれてるんだなって嬉しかったし。あと、美穂の時にはどうとも感じなかったのに、志穂だとすっごく可愛く綺麗に見えるなって……」

「え、と……」

今、なんだかすごい言葉を聞いたような気がするけれど、あまりに予想外の話ばかりで、いまいち頭がついていかない。

(……要するに私は、最初の最初から、勘違いをしていたってこと?)

楓馬さんと美穂が相思相愛だったということも。

彼が、喪った最愛の恋人の代わりに、私と婚約したのだということも。

全部が全部、私の思い違いだった?

「……ふ、楓馬さん……」

頭を抱え俯く楓馬さんに、何と声をかけていいかわからない。

手を伸ばし、けれど彼に触れることができず、さりとて引っ込めることもできないでいると、楓馬さんが「志穂……」と私の名を呼び、ゆっくりと顔を上げた。

「あっ」

次の瞬間、私はまた彼に抱き締められていた。

さっきのような、逃すまいとする強い抱擁ではない。

それはまるで壊れ物に触れるみたいな、優しい懐抱だった。

「君は、ずっと俺が美穂を愛していると思いながら、俺の傍にいたんだね……」

「……っ」

いつも穏やかな彼の声が、今はこんなにも弱々しい。

「ごめん。きっと、すごく悩ませたし、苦しませたし、傷つけてしまったんだろうな。

俺はそんなことにも気づかないで、ようやく志穂を手に入れられたと浮かれていたんだ。

君が美穂を通して俺の気持ちを知ってくれているとばかり思っていたから、その上で、
俺との婚約を受け入れてくれたんだと……」

言われてみれば、彼に「美穂から自分の気持ちを聞いたことがあるか」と尋ねられ、

「はい」と頷いたことがあった。あれはてっきり、彼がまだ美穂を愛しているというこ
とだとばかり思っていたけれど、違ったんだ。

「ごめ……なさ……っ」

私は、なんて愚かだったんだろう。

彼の気持ちを誤解し、楓馬さんをずっと『私を死んだ姉の身代わりにしている人』だ
と思い込んで、勝手に傷つき、悲劇のヒロインぶって……

「ごめんなさい……っ」

「謝らないでくれ。悪いのは俺だ」

「違うっ、わたっ……私がもっと早く……」

そうだ。もっと早く、想いを伝えていたら。

あなたを愛していると。美穂ではなく、私を見てほしいと。

そう正直に告げていれば、こんな、お互いを傷つけることにはならなかっただろうに。

「ごめんなさい……っ。ごめんなさい……！」

私は臆病で、身代わりでも彼の傍にいられる現状を変えるのがずっと怖くて、惜しくて……

「ごめんなさい……っ」

ぎゅうっとしがみつくように、楓馬さんの身体を抱き締める。

彼もそれに応えるみたいに、私を抱く力を強めてくれた。

「俺もごめん。志穂のことを思うなら、あんな形で婚約の話に乗るんじゃなくて、ちゃんと自分の気持ちを伝えて、求婚するべきだったのに」

「楓馬さん……」

抱き合っていた身体が少しだけ離れ、彼が涙でぐちゃぐちゃになった私の顔をじっと見つめる。

「改めて、言わせてほしい。俺は美穂じゃなく、志穂……君のことが好きだ」

「……っ」

「俺は、これまでたくさん君を傷つけてきたし、泣かせてきた。美穂が亡くなってすぐ、よりにもよって通夜の日に、姉の死を嘆き悲しみ、母親の心ない言葉に傷ついた志穂の弱みに付け込む形で君を抱くような、不謹慎で卑怯な男だし、志穂の苦しみにも気づけなかった。そんな碌でもない男だけど……」

ああ、そうか。楓馬さんはあの夜のことを、私が思っていたのとは別な形で悔いていたんだ。

それでも、私を抱いたことを後悔しないと言ってくれた。

彼はちゃんと、私を『美穂』の代わりではなく、『志穂』として求めてくれていたんだ。

「……あの夜のことを不謹慎だと、卑怯だったと言うなら、私も同じです……」

私だって、姉の想い人だと信じ込んでいた人に抱かれることを望んだのだから。

「私はずっと、許されないことをしてしまったんだと思っていました。自分の感傷に楓馬さんを巻き込んで、美穂を裏切らせてしまったと。……でも、罪悪感を抱く一方で、嬉しかったんです。あなたに抱かれたこと」

「志穂……」

その後の苦しみだって、元はと言えば私の思い違いが原因で、楓馬さんは何も悪くない。

彼はちゃんと、私を愛してくれていたのに。言葉で、態度で示してくれていたのに。

私がそれを、素直に受け止めることができなかっただけなんだ。

「ごめんなさい……っ」

「もう謝らないでって言っても、聞かないんだろうな、志穂は」

私の頭を優しく撫でながら、楓馬さんが困り顔で囁く。

「ごめんなさい……っ」

「それが俺の告白に対する返事じゃないのなら、いいよ。好きなだけ謝って。俺もたくさん君に謝るから。……でもどうかその前に、答えを聞かせてくれないか？　志穂」

「楓馬さん……」

彼は私の目を真っすぐに見つめ、言ってくれた。

「愛しているよ、志穂。君が嫌なら、一度この婚約を解消したっていい。だけどお願いだから、俺から離れていかないで。これから先もずっと、俺の傍にいてほしいんだ」

「ほ、本当に、こんな……っ、私なんかで、いいんですか……？」

「志穂しか欲しくない」

「……っ！」

それはたぶん、私がずっとずっと欲しかった言葉。

熱い吐息と共にその言葉をくれた楓馬さんは、窺うように私の顔を見つめたあと、唇にそっと口付けを落とした。

「あ……っ」

また、涙が溢れてくる。楓馬さんへの想いと一緒に、とめどなく。

「私も、楓馬さんしか欲しくない……」

「志穂……」

「楓馬さん……」

もう一度、今度は私からキスをする。

彼に別れを告げるという決意を抱いてこの部屋に来たはずなのに、まさかこんなことになるなんて夢にも思わなかった。

（これは夢……じゃ、ないよね……？）

もし、そうだとしたら辛すぎる。

でも、私を抱く彼の腕の強さが、触れる温もりが、これは現実だと教えてくれた。

（だからもう、……大丈夫……）

私はそう、心から安堵して、深く口付けてくる彼に身をゆだねたのだった。

八　愛を乞う

「志穂……っ」

キスの合間、楓馬さんが熱っぽい吐息と共に私の名を呼ぶ。

「楓馬さん……」

気がつくと、私はソファの上に押し倒されていた。

「ん……っ」

何度も触れ合った唇がまた重なる。

キスが甘いのは、さっき彼が食べていたパンのせいだろうか。

でも、それだけじゃなく、ようやく想いを重ね合ってする口付けだからなのだろうと、妙にロマンティックな考えを抱いてしまう。

思いがけず楓馬さんと両想いであることが発覚し、浮かれているのかもしれない。

「……あっ、……っ、ふ……っ」

キスのしすぎで腫れぼったく感じる口に当たるのは、羨ましくなるくらい柔らかい楓馬さんの唇と熱い舌。私達はキスを交わしながら、互いの身体を撫でていた。

弄り合う……というよりは、ただ相手に触れたいだけの、じゃれ合いにも似た行為。

くすぐったくて、少しもどかしくて、でも心地良くて。どちらからともなくくすくすと笑いが零れるような、無邪気な触れ合いだった。

それでも、ただお互いをくすぐり合って終わりではないらしい。

楓馬さんは私の唇や頬、首筋にキスを落としながら、私の服を一枚一枚脱がせていく。

私も彼のネクタイを解き、シャツのボタンを外していった。

ソファの下、ふかふかの黒いラグの上に紺色のセーター、青のレジメンタル柄のネクタイ、白い女物のシャツ、薄い水色の男物のシャツが折り重なっていく。そこへ私のブラックジーンズと靴下も加わって、私は下着姿に、楓馬さんは上半身裸の姿になった。

（あ……）

今日はまさか彼とこんなことになるとは予想もしていなかったから、下着はごくごくシンプルな紺無地のシームレスブラとショーツの上下だ。

今更だけれど、すごく色気がないのでは……と後悔している。いや、それを言うなら私がさっきまで着ていた服だって、色気や可愛気は皆無だったと思うけれど。

普段から、もっと服装に気を使うべきだろうか。

「……志穂、何考えてるの？」

楓馬さんが降らせてくる口付けを受けつつ、そんなことに思いを巡らせていたら、彼に見抜かれてしまった。

「えっと……その、い、色気のない恰好を、してきちゃったなって……。し、下着も」

恥じらいながらも正直に告白すると、楓馬さんは一瞬目を見開いたあと、くすっと笑い出した。

「そうかな？　こういうシンプルな下着も、志穂が身につけていると思うとそれだけで俺はそそられるけど」

「えっ」

「今日の服だって、ストイックな感じがして、一枚一枚脱がしていくの、すごく興奮した。……ああ、せっかくなら着たままでもよかったかな」

「なっ」

またも、とんでもないことを言われた気がする。

かあああっと顔を熱くする私に、楓馬さんは綺麗な笑顔で追い打ちをかけた。

「つまり、俺は志穂ならどんな恰好をしていても勃つってこと。たぶん俺は、君が思っているよりずっと志穂のことが大好きだよ」

「そ……なんです、か……」

ど、どうしよう。急に、無性に恥ずかしくてたまらなくなってきた……

でも、そこまで想ってもらえて嬉しいと感じている自分もいる。

「そうだよ。今日はたっぷり、それをわからせてあげる」

「……あっ」

楓馬さんの手が、無防備だったお腹をさわっと掠めるみたいに撫でた。

それだけで身体がびくっと反応してしまう。

「んっ、楓馬……さっ……」

彼は下着を脱がすでもなく、露わになった肌を撫で回していく。お腹、太もも……と下の方に触れたかと思うと、首筋に飛んで胸元、二の腕、手の甲と。少し前、じゃれ合うように触れていた時とは全然違う、肌に吸いつくような執拗な触り方だ。

「あっ……ん、う……っ」

くすぐったいだけじゃなく、触れられたところから熱が生まれる。

もっと触ってほしいのに、彼は絶妙なタイミングでターゲットを他に移すから、身体の中で熱が燻る。

もどかしい、気持ち良い、でも焦れったい。

そうして彼はいつもよりたっぷりと時間をかけ、私を翻弄していく。

「……はぁっ……」

「志穂、今すごい色っぽい顔をしているの、自分でわかってる？」

「そんなこと、な……っん」

否定しようとした口は、楓馬さんのキスで封じられた。

熱い舌が口内に入り込んできて、舌を絡め取る。二人の唾液が混ざり合って、唇の端から零れた。

「……あぁっ……」

「可愛いよ、志穂。ほら、ここももうこんなに可愛くなってる」

「ひぁっ」

耳に囁きかけながら、彼の指がブラのカップをぐいっと下げる。とたん、露わになった胸の頂が空気に触れ、それだけで下腹の奥がジンと疼いた。

楓馬さんの言わんとすることはわかっている。私のソコは、まだ直接触れられてもいないのにぷくりと勃ち上がっていた。

「だ、だって……」

彼が、身体中をいやらしく弄るからいけないのだ。快感を教え込まれた身体は、さらなる快楽を求めて蕾を膨らませる。今晒された胸の頂だけでなく、秘裂の奥の花芽も……。

「本当に、可愛いなあ」

うっとりと囁いて、楓馬さんは私の胸に顔を埋め、蕾を口に含んだ。

「ああっ……」

彼は舌でねっとりと唾液を塗り込んだあと、わざと歯を立てて甘噛みしたり、ちゅうっと吸ったりする。そうされる度に私の身体はびくっ、びくっと小さく跳ね、疼きがより大きくなった。

頂を口で愛撫しながら、楓馬さんは手を私の背中に回し、ブラのホックを外す。そして下着が取り払われ、床の服の山にぱさりと落とされた。

続いて彼は頂から下乳、みぞおち、おへそ、下腹部……と唇を移していく。そしてショーツの上から小丘にちゅっと口付けると、秘裂をねっとりと舐め始めた。

「ひっ、あっ、ああっ……ん」

なめらかな素材のショーツが唾液に濡れ、ぴったりと秘所に張りつく。けれど、下着を淫らに濡らしているのは楓馬さんの唾液だけではない。蜜壷から溢れた蜜が、内側から染み出しているのだ。

楓馬さんの唾液と自分の愛液とが混ざり合い、それを彼が舐めているのかと思うと羞恥心で顔から火が出そうになる。しかしその恥じらいが呼び水となって、私の心と身体を昂らせているのもまた事実だった。

(恥ずかしい……っ、でも、気持ち良い……っ)

彼が執拗に舐める自分の脚の間から、情交の匂いが強く香ってくる。

生々しく、それでいて胸を甘く締めつけるような、性の匂い。男を求める女の匂いだ。

「あっ、ああっ……」

その香りに浮かされたみたいに私は喘ぎ、楓馬さんは蜜を舐め啜る。

恥じらう気持ちも霧散して、ただ気持ち良いとしか考えられなくなる。

「楓馬さん……っ、楓馬さん……っ」

私は彼の名を呼びながら、自分の脚の間で揺れる楓馬さんの頭を掴んだ。

柔らかくて触り心地の良い髪が指に触れる。

まるで自分から彼の顔を秘所に押しつけるような恰好で、私は楓馬さんの愛撫を享受した。

　舐められているところが切なく痺れている。

　気持ち良い……、気持ち良い……っ。

「あっ、あっ、ああっ……んっ、ああっ」

「気持ち良い……？　志穂……」

「いっ、いいっ……気持ち、良い……っ」

　くぐもった声に問われ、私は息も絶え絶えに頷く。

　快感が高まるにつれ、果ての気配が近づいていた。

「も……だめっ、イッ……イッちゃ……」

　私はぎゅっと目を瞑り、彼の髪を掴む手に力を込めてその時を待つ。

　しかし、楓馬さんはぴたりと愛撫を止めてしまった。

「……え……っ」

　てっきりこのまま口でイかされると思ったのに、彼は私の股間から顔を上げ、蜜に濡れた唇を見せつけるようにぺろりと舐める。

「まだイクのは早いよ、志穂」

　そう言って、楓馬さんは私の首筋にちゅっと唇を寄せ、胸をやわやわと揉み始めた。

　先ほどまでさんざん舐め回された秘裂は、ジンと痺れた状態で放置されている。甘い疼きだけが残って、ひどく辛かった。

「やっ、楓馬さん……」

どうしてそんな真似をと思ったところで、彼は私を焦らしたいのだと気づく。

現に楓馬さんは、もどかしさに眉を寄せる私を嬉々とした表情で見ていた。

おまけに私の胸を愛撫しながら、時折掠めるみたいに秘裂を撫で、私を嬲る。

「ん？　どうしたの、志穂」

わかっているくせに、意地悪な人。

彼は私から『その言葉』を引き出そうと、ふうっと耳に息を吹きかけ、甘く囁く。

「あっ」

「してほしいことがあったら言っていいんだよ？　志穂がされたいように愛してあげる」

「あっ、ああっ……」

彼はきゅっと右胸の頂を摘まみ、首筋にかぷっと噛みついた。

胸のジンッと痺れるような痛みも、首筋のこそばゆい痛みも、どちらも気持ちが良い。

でも、足りない。私が今欲しいのは、されたいのは……

「な、舐めて……っ」

「どこを……？」

「……っ」

それを口にしろと言うのか。

薄れていたはずの羞恥心（しゅうちしん）が甦（よみがえ）り、涙が滲（にじ）んでくる。

でも不思議と、逆らう気持ちは生まれなかった。

「あ……っ、わ、私の……っ」

私は恥ずかしさに悶（もだ）えながら、自分の手をそっと股間に這（は）わせる。

楓馬さんの唾液と私の蜜に濡（ぬ）れ、ぴったりと張りついた下着は、触れると少しだけひんやりしている。

けれどその奥、私のナカは、まだ直接触れられていないうちから燃えるように熱く滾（たぎ）っていた。

「こ、ここを……っ」

「ここを？」

彼の手が、私の手に重なる。

甘い声に促（うなが）され、私は目を潤（うる）ませつつ懇願（こんがん）した。

「ここを、舐（な）めて……っ、ください」

これが私の精一杯だ。

でもどうにか合格ラインに達したらしく、楓馬さんは嬉しそうに「わかった」と頷くと、私のショーツに手をかける。

「あっ」

布地が離れていく瞬間、愛液がつうっと糸を引いているのが見え、かあっと頬が熱くなった。

自分がたっぷりと蜜を零しているのは自覚していたけれど、改めてそれを目にしてしまうと、いっそう羞恥心が募る。

そんな私を機嫌良く見下ろしながら、楓馬さんは手にしたショーツを服の山の上にぱさっと放った。

続いて彼は、生まれたままの姿で横になっていた私を起こし、ソファに座らせる。そして自分は床の上に膝をつき、私の脚を開かせ、股間に顔を埋めた。

「あっ」

ようやく、待ち望んでいた刺激が与えられる。しかも今度は布に隔てられることなく、より強い快楽が私を襲った。

「あっ、はぁっ……あっ、ああっ」

ぴちゅっ、くちゅっ、ちゅっ、ちゅうっと、粘着質な水音が響く。

楓馬さんは次から次へと滴る蜜を舐め取り、襞を一枚一枚丁寧になぞっては、ぷくりと主張する花芽をちろちろと舌先で弄んだ。

（気持ち良い……っ、気持ち良いよぅ……）

そう、私はこんな風に愛されたかった。

彼に舐められるのが好きで、はしたなくもよがってしまう。

「はあっ……あっ、ひっ……あ……ああっ……」

私は啜り泣きにも似た喘ぎ声を上げながら、快感の波に身をゆだねた。

上等なソファを自分の汗と愛液とで汚しそうで、それが少しばかり後ろめたかったけれど、持ち主の楓馬さんはそんなことおかまいなしに私の秘所を唇と舌で攻め立てる。

「あっ、ああっ、あっ……ふぁ……っん」

先ほど絶頂の寸前まで押し上げられていた私の身体は、より早く高みへと上り詰めた。

そして、敏感な花芽をちゅうっときつく吸われた瞬間――

「あああああっ……！」

私はびくんっと腰を跳ね上げ、果てを迎えたのだった。

「あ……ああ……っ」

絶頂したばかりの身体は、まだ甘く痺れている。

私はくったりと背もたれに身体を預け、股間から顔を離した楓馬さんを見つめた。

満足気な笑みを浮かべ、唇についた蜜を指で拭い、それを見せつけるみたいに舌で舐め取る彼の表情や仕草には、匂い立つ色気がある。

私はそれに引き寄せられるように両手を伸ばし、私の意図を察して身を寄せてくれた彼にぎゅっと抱きついた。

「気持ち良かった？　志穂」

「……はい、とても……」

楓馬さんの心を知ったあとだからだろうか。

どんなに意地悪をされても、淫(みだ)らに啼(な)かされても、それを心から喜んでいる自分がいる。

「よかった。……でも、まだ足りないよね？」

「……はい」

確かに、足りない。

だってまだ、彼に抱かれていない。

もっともっと、愛されたい。

「俺も。まだまだ愛し足りない。今日は帰してあげられないと思うから、覚悟して」

彼は私の耳にそう囁(ささや)くと、私の身体を横抱きに抱え上げた。

「ひゃっ……」

「場所を移そうか。ソファの上はちょっと狭すぎる。もちろん、志穂がこのままここでぐちゃぐちゃに乱れたいならそうするけど、どうする？」

「う……っ」

彼の言う通り、このままソファの上でめちゃくちゃに愛し合うこともできるのだろう。

それはそれで魅力的……と思ってしまった私は慌てて首を横に振り、小さな声でおねだりした。

「べ、ベッドが、いいです……」

来客も座るようなソファでそういうことをするのは、やはりちょっと抵抗がある。

何より、楓馬さんが普段使っている寝室を見てみたかった。

「仰せのままに、お姫様」

彼は冗談めいた口調で言うと、私の頬にちゅっとキスをして、この部屋に隣接するベッドルームへと私を運ぶ。

扉を潜った楓馬さんは私を片腕で支えたまま、もう片方の手で壁際のスイッチを入れた。

とたん、温かみのあるオレンジがかった光が室内を照らす。

（わぁ……）

広々とした寝室は、リビングダイニングキッチンと同じく黒を基調としたインテリアでまとめられていた。部屋の中央には大きなベッドが置かれ、その対面の壁にはシックなデザインのローボードとテレビがある。

ベッドの向かって左側には、パソコンデスクと椅子のセット。右側にはサイドチェストがあり、その上には黒いランプシェードの間接照明が置かれていた。

楓馬さんはベッドの傍まで進み、先ほど灯りを点けた時と同じく私を片腕で支え、もう片方の手でグレーのカバーに包まれた布団を床に落とす。そして露わになった白いシーツの上に、そっと私の身体を横たえさせた。

ベッドのヘッドボードに立てかけられているクッションは、大きいものが二つ、それより一回り小さいものが二つの計四つ。大きいものは濃いブラウンの無地で、小さいものは白地のサイドに草花をモチーフにしたラインが刺繍されている。

自分のベッドの匂いとも、いつも彼と使っていたホテルの匂いとも違う、男の人の匂い。クッションやシーツからはそんな『楓馬さんの匂い』がして、ドキドキした。

私が一人、リネンの香りに胸を高鳴らせている間に、楓馬さんは残った衣服を脱ぎ捨てていく。

「志穂……」

「あ……」

生まれたままの姿になった楓馬さんが、私のいるベッドに上がってくる。

彼は横向きになっていた私の身体を仰向けにさせると、その上にそっと覆い被さり、私の右手をとって自身へと導く。

「……っ」

久しぶりに触れた彼の剛直は、すでに硬くなっていた。

私を愛撫(あいぶ)しながら、楓馬さんも興奮してくれたのだろうか。

だとしたら、嬉しい……

「楓馬さん……」

「志穂……っ」

彼の端整な顔がゆっくりと近づいてきて、唇が重なり合う。

続けて舌がぬるりと口内に入り込み、お互いを貪(むさぼ)るような、深いキスへと変わっていった。

自分の蜜の味がするキス。

でも不快には思わなかったし、それどころか、かえって気持ちが昂(たかぶ)る。

「んっ……はあっ……んっ」

私も負けじと舌を絡めながら、右手で硬い肉棒を扱(しご)いた。

先走り、と言うのだったか。彼の先端から滴(しずく)が零(こぼ)れ、私の手を濡(ぬ)らす。

「はあ……っ、んっ……あ……っ」

キスの合間に零(こぼ)れる熱い吐息や切なげに歪(ゆが)められた表情から、楓馬さんも感じてくれていることがわかって嬉しかった。

もっともっと気持ち良くなってほしくて、扱く手を速める。時にはきゅっと強めに握ったり、ふわっと優しく撫でたりもした。

（あ……）

「く……っ」

私の手の中で、楓馬さんの剛直がいっそう硬く、大きくなる。

掌に感じる彼の熱と質量を、心から愛おしいと思った。

「志穂、そろそろ……」

やがて、楓馬さんが私の右手を自身から外してしまう。

そして身を離したかと思うと、サイドチェストの引き出しを開け、そこから取り出した避妊具を自身に着けた。

いよいよその時が近づいているのだ。

私は期待を胸に、慣れた様子でゴムを装着する楓馬さんを見守る。

ほどなく、準備を終えた楓馬さんはまるで合図をするみたいに、私の額にちゅっと触れるのみのキスを落とした。

それから彼は私の腰のラインを撫で、濡れそぼる秘裂の奥に指を這わせる。

「んんっ……」

そこはもうとろとろに濡れてはいたけれど、舌で攻められただけの蕾はまだ硬く閉じていた。

くぷぷ……っと音を立て、楓馬さんの長い指が一本、ナカに沈められる。

「あっ、ああっ！」

「……可愛い」

思わず感極まったような高い声を上げてしまった私に、楓馬さんは愉悦を滲ませた顔で笑った。

「んっ……あぅ……っ」

唇と舌で愛撫された時とはまた違う快感が押し寄せてくる。

蜜を纏った指が、何度も抜き差しされるのだ。

それだけでもたまらないのに、指の腹でナカの肉壁を掻かれ、腰が震える。

「あ……っ、ああっ……」

気づけば私を攻める指は、一本から二本、そして三本へと増えていた。

そうして、硬く閉じていた蕾がとろとろに解される。

さらに大きさが増して見える彼自身を、受け入れるために。

「楓馬さん……っ、も、もう……っ」

「……ん。そうだね。俺もそろそろ限界……っ」

楓馬さんは私の秘所から指を抜き去ると、いったん身を離した。

そして仰向けになっていた私を今度はうつ伏せにさせ、腰を掴んでお尻を上げさせる。

「あっ……」

はしたなく蜜を零す秘裂に、ぴたりと硬い感触が宛がわれた。

そのまますぐに貫かれる……かと思いきや、楓馬さんはこの期に及んで、さらに焦らすみたいに肉棒の先端で割れ目を擦る。

「やっ、あっ、どうしてぇ……っ」

ぬるぬると秘裂を擦られるのも気持ちが良いけれど、私は早く彼と一つになりたかった。

楓馬さんだって、「そろそろ限界」と口にしていたのに、どうして……

「……ねえ、志穂。前にも言ったことがあるけど、俺はもっと君に甘えられたり、我儘を言われたりしたいんだよね」

「んっ、あっ、あっ」

確かに、以前そんなことを言われた覚えがある。

秘裂を擦られ、短い嬌声を断続的に上げながら、私はその時のことを思い返す。

あれは……水族館に行きたいと、彼にねだった時のことだったか。

「だから、ね？　さっきも言っただろう？　『してほしいことがあったら言っていいんだよ』って」

「あっ……」

そうか、そういうことか。

今夜の彼は、とにかく私に『言わせたい』のだ。

恥ずかしい言葉を、はしたない願いを口に出させ、自分から求めさせたい。

そのためなら自分自身も追い込む。……本当に、ややこしくて意地悪な人。

でも、そんなところさえも好きだと思ってしまう私は、もうどうしようもない。

「……い……れて。入れて、ください。私の……恥ずかしいところに……っ」

私は自分からさらにお尻を突き上げ、いやらしく彼におねだりをする。

幸いだったのは、羞恥(しゅうち)に火照(ほて)った顔を彼に見られずに済んだことだ。

「……っ」

楓馬さんの腰の動きが止まったかと思うと、息を呑む気配が背中に伝わってくる。

「あっ」

そして、私の腰を掴む腕に力が籠(こも)り――

「ひゃああっ……！」

一息に、後ろから貫(つらぬ)かれた。

「ああ……っ」

びくびくと、身体が震える。たぶん、挿入されただけで軽くイッてしまったのだろう。

「っ、志穂のナカ、すっごく締めつけてくるっ。はあっ……そんなにこれが欲しかったの？」

「……は、……はい……っ」

素直に頷くと、彼は嬉しそうにふっと笑って、それからゆっくりと腰を動かし始めた。

「あっ、あ……んっ」

果てたばかりでより敏感になっている蜜壷を、背後から獣のように穿たれる。

「ああっ、あっ、ああっ」

硬い肉棒にナカを何度も何度も突かれるのはとても気持ち良くて、私は声を抑えられなかった。

「志穂……っ、志穂っ……」

「あっ、あ……っん、あっ、はぁっ……」

顔は見えなくても、お互いに心も身体も昂っているのがわかる。

交わりは激しさを増し、寝室には二人の荒い息と肌が触れ合う音、そして淫らな水音が響く。そしてその音が、より興奮を募らせるのだ。

「あっ、ああっ」

すごく、気持ちが良い。さっき軽くイッたばかりなのに、またすぐ高みへと押し上げられそうなくらい。

その時ふと、私の心にある願望が生まれた。

「あっ……楓馬さ……っ」

もっと私に我儘(わがまま)を言わせたいと、甘えられたいと彼は言った。

なら、この願いを口にしてもいいだろうか……？

「お、ねが……いっ……んっ、お願い、がっ……あっ」

「っ、なにかな……っ？」

小刻みに私を突くのは止めず、楓馬さんが問い返す。どうやら攻めの手を緩めるつもりはないようだ。

私は嬌声(きょうせい)を漏(も)らしつつ、息も絶え絶えに願いを口にした。

「あっ、んっ、こっ、この、ままじゃ……いやっ……。顔、見ながらが、いいっ……あっ」

「志穂……」

後背位で攻められるのも嫌いじゃない。……というか、けっこう好きな方だと思う。

けれど今、私は無性に楓馬さんの顔が見たかった。

彼がどんな顔で私を抱いているのか、私を愛してくれているのか。この目で見たいのだ。

「おねが……あ……っ」

「ほんっとうに……可愛いな……っ！」

「ひあっ……！」

楓馬さんが低く唸るように呟いたかと思うと、一際強く腰を穿たれ、私は一瞬息を止めてしまう。

そして彼はいったん腰の動きを止めて自身を引き抜くと、願い通りに後背位から正常位へと体勢を変えてくれた。

「あ……」

楓馬さんは熱の籠った瞳で私を見下ろしていた。その口元はうっすらと笑みを描いているけれど、額には汗が滲み、いつになく息が荒い気がする。

普段紳士的で優しい彼が、そんな切迫した姿で私を求めてくれているのが、嬉しくてならない。

「楓馬さん……大好き……っ」

気づけば私は目に涙を浮かべ、にっこりと笑って彼に両腕を伸ばしていた。

「志穂……」

常にない私の態度に戸惑った様子を見せつつ、彼は私の抱擁に応えてくれる。

私はすっかり浮かれて、思うまま願いを口にしていた。

「……キス、して。いっぱい……」

「……っ、ああ、もう……！　可愛すぎるよ志穂……っ」

「あっ……むっ……んっ、んうっ」

もう堪え切れない！　と言わんばかりの勢いで、楓馬さんが私の唇を奪う。

想定していたよりずっと激しいキスだったけれど、私は喜んでそれを受け入れた。

「あっ……んっ、んぁ……ん」

「……はあっ……くっ……あ……」

私達はキスをしながら身を重ね合わせた。

自然と身体が揺れ、腰が艶めかしく動く。

ぴったりと合わさった肌の、興奮で高まった熱が心地良い。

それだけでも十分に気持ち良くて幸せだったけれど、楓馬さんは私の唇を貪りつつもう一度秘裂に自身を宛がい、ナカに挿し入ってきた。

「ああ……っ」

先ほどとは違う角度で穿たれ、その強い刺激に愉悦を覚える。

「志穂、志穂っ……」

彼は私の名を何度も呼び、上から下に叩きつけるように激しく腰を振った。

キスが終わってしまったのは少し寂しかったけれど、すぐに快楽の奔流が押し寄せてきて、それどころではなくなる。

寂しさなんて感じる余裕もなく、心と身体が喜びで満たされた。

「楓馬さん……っ、好き……っ、大好き……っ」

「……あっ、俺も、俺も好きだよ。大好きだ、志穂……っ」

シーツをきつく握り締めていた手に、楓馬さんの大きな手が重なり、ぎゅっと握り締められる。

「ああ……っ」

嬉しい。嬉しい。そんなささいな触れ合いにさえ、幸せを感じる。

泣きたいくらい、満たされた。

分かたれていたものがようやく一つになったかのような充足感が、心に広がっていく。

これまで、こんなにも彼と一体感を覚えたことがあっただろうか。

楓馬さんとのセックスに、愛しさや、快楽を感じることはあった。

でもこの時私は初めて、彼と本当の意味で一つになれた気がしたのだ。

「楓馬さ……あああっ……！」

「……くっ」

頭の中が真っ白になって、幸福と快楽の果て、絶頂を超えた私は嬌声(きょうせい)を迸(ほとばし)らせる。

それは、今までで一番の悦楽(えつらく)だった。

「……志穂、俺も、もう……っ」

私の身体に二、三度腰を打ちつけ、楓馬さんもゴムの中に精を吐き出して果てる。

「はあ……っ」

彼は自身を引き抜いて避妊具を始末したあと、倒れ込むように私の隣に寝そべり、ぎゅっと抱き締めてくれた。

「……楓馬さん、私……」

彼の胸に頬を寄せ、私はそっと囁(ささや)いた。

「幸せで、死んでしまいそう……」

あんまりにも満たされすぎて、怖くなってしまったのだ。

だけど楓馬さんは笑って、「大丈夫だよ」と私の頭を優しく撫(な)でてくれた。

「志穂はこれからもたくさん、幸せを感じて生きていくんだ」

「楓馬さん……」

「俺は、必ず志穂を幸せにするよ。だから志穂もずっと俺の傍にいて、俺を幸せにしてくれる……？」

「……はい」

たくさん、たくさん間違えてしまった私だけれど。

私はこれからも、楓馬さんと一緒にいたい。一緒に生きたいと思う。

だから……

「愛しています、楓馬さん」

私は心からの想いを言の葉にのせ、彼の唇にキスをした。

愛を乞うように。愛を伝えるように。

「俺も愛しているよ、志穂」

「楓馬さん……」

彼の目は、真っすぐに私を見つめている。

彼の声にも、言葉にも、表情にも、纏(まと)う空気にさえ、私への想いが溢(あふ)れていた。

それが嬉しくてたまらず、心が温かくって……

私はやっぱり「死んでしまいそうなくらい幸福だ」と感じながら、楓馬さんの胸に抱かれ、そっと目を閉じたのだった。

九　断ち切るもの、繋(つな)ぐもの

「ん……」

カーテンの隙間から朝陽が差し込み、その眩(まぶ)しさに目が覚める。

見覚えのない天井に、一瞬自分は今どこにいるのかと戸惑ったけれど、傍(かたわ)らですや

すやと眠る楓馬さんの姿に昨夜の出来事を思い出し、頬がかあっと熱くなった。

(……しかも私、裸のままで……って、あれ?)

ふと、自分の顔が妙にすっきりさっぱりしていることに気づく。

頬に手を当ててみると、ケアをした覚えもないのに肌はしっとりと潤っていた。

昨夜は確か、化粧を落とさず寝入ってしまったはず。なのにこの状態ということは……

上半身を起こし、きょろきょろと辺りを窺ってみると、ベッドの横にあるサイドチェストの上に寝入る前にはなかったはずのコンビニ袋と、開封済みのメイク落としシート——しかも化粧水、乳液、美容液の成分が配合されているものが置かれていた。

たぶん私が寝入ったあと、楓馬さんがわざわざコンビニまで買いに行って、顔を拭いてくれたのだろう。しかも顔だけでなく、汗やお互いの体液で汚れていたはずの身体まで綺麗になっているから、これも彼が……

(うわあ……)

寝ている間に隅々まで清められるなんて、恥ずかしいやら申し訳ないやらで穴があったら入りたい。しかもそうされてもまったく起きないなんて、どれだけ熟睡していたのだろう。居た堪れない。

(うう……。このところ、眠りが浅かったからなあ……)

楓馬さんや両親のことで悩みが尽きず、あまり眠れていなかったのだ。

その中でも一番の悩みが解消され、安心してしまったのだろう。

こんなに気持ち良く眠れたのは、ずいぶんと久しぶりな気がする。

「…………」

そんなことを考えつつ、私は室内を見回す。

ベッドの向かい側にある壁かけ時計は、午前五時三分を示していた。

このまま先に起きて、身支度を済ませようか。

それとももう少しだけ、彼の隣でまどろんでいようか。

短い思案の末、私はぽふっと枕に頭を預けた。そして楓馬さんの方を向き、彼の寝息に耳を澄ましながら、そっと目を閉じる。

暗い視界の中で感じるのは、楓馬さんの鼓動と体温。愛しい人の気配に、心から安らぎを覚える。

(楓馬さん、大好き……)

そうしているうちに、すぐにまたうとうとと眠気が襲ってきた。

(出勤時刻に間に合うように、早く起きないと……)

だから少しだけ、少しだけだと自分に言い訳し、私は再び眠りの淵(ふち)に落ちていった。

それから、どれだけの時間が経っただろう。

「……志穂、……志穂……」

「んん……っ」

私の名を呼ぶ声に、再び意識を浮上させる。

優しく身体を揺り起こされ、ゆっくりと目を開けば、楓馬さんが私の顔を覗き込んでいた。

「……ふうま……さん……」

「おはよう、志穂。ちょっと早いけど、今日も仕事だろう？　そろそろ起きた方がいいと思って」

「あ……」

そうだった。できればこのままもっと寝ていたいくらいだけれど、今日は平日。私も楓馬さんも仕事がある。

「はい……。起きます……」

まだぼうっとする頭で、のそのそと上半身を起こす。

すると、枕元に何かが置かれていることに気づいた。

「……あれ？」

一度目を覚ました時には、何もなかったはず。ということは先に起きた楓馬さんが、私が二度寝している間に置いたのか。

「これ……」

「俺からのクリスマスプレゼント。今度こそ、受け取ってくれるよね」

それは昨夜、私が彼に突き返したプレゼントボックスだった。

私はこくんと頷き、楓馬さんに促されるままリボンを解き、包装紙を剥がす。そして蓋を開けると、円形の箱の中に真っ白でふわふわな毛並みのウサギのぬいぐるみが入っていた。

「わあ、可愛い……！」

ウサギは仔犬くらいの大きさで、円らな黒い瞳がとってもキュートだ。

ふわふわの毛並みに埋もれるように、首にネックレスを着けている。ホワイトゴールドのチェーンに、同じ素材でできたウサギの横顔を模ったチャームがついたものだ。ただこのウサギには少し長すぎるようで、ちょっとバランスが悪い。

疑問に思っていると、楓馬さんは私の手からぬいぐるみをとり、ネックレスを外して私の首に着けてくれる。もしかして、これは二つ目のクリスマスプレゼントなの？

「志穂はウサギが好きみたいだから、喜んでくれるかなって。どう……かな？」

「すごく、すごく嬉しいです……。ありがとうございます、楓馬さん」

私は自分が裸のままだということも忘れ、下着姿の楓馬さんにぎゅうっと抱きついた。

「大切にしますね」

「うん。喜んでもらえて嬉しいよ」

彼は私を抱き締め、嬉しそうに髪を撫でてくれる。

「あっ」

そうだ。こんなにも素敵なプレゼントをもらったというのに、私は彼に何も……

すっかり別れる気でいたため、クリスマスプレゼントを用意していなかったことを思い出し、高揚していた気持ちがしゅんと沈む。

私ばっかりよくしてもらっているのが、申し訳なくてたまらなかった。

「ごめんなさい。私、楓馬さんに何も……」

「そんな、気にしないで。俺は志穂がこうして一緒にいてくれるだけで十分なんだから」

彼は優しく言うけれど、そういうわけには……

「……うーん、それじゃあさ、プレゼントのお返しに朝食を作ってくれないか？ そして今日の仕事が終わったら、この部屋に帰ってきて夕食を作って、一緒に食べてほしい。できればまた泊まっていってくれると、なお嬉しいな」

「楓馬さん……」

「だめ……かな？」

「だめなわけないです。私、張り切って作りますね」

私はそう請け負い、まだまだぎゅうっとくっついていたい衝動を我慢して、昨夜のうちに彼が洗濯しておいてくれた下着と服を着込む。

ただ、食事作りとお泊まりだけではこの素敵なプレゼントのお返しには足りないから、仕事帰りにプレゼントを買いに行こう。

着替えを済ませたら、二人分の朝食を作る。初めて入るキッチンは調理道具の位置などがわからなかったり、うちのガスレンジと違ってＩＨコンロで勝手が違ったりと戸惑うこともあったけれど、どうにかおにぎりと出汁（だし）巻き卵、大根と油揚げのお味噌汁を用意した。

「うわあ、美味（うま）そう。いただきます」

「どうぞ、めしあがれ」

楓馬さんの部屋のダイニングテーブルで二人向かい合って朝ごはんを食べるのは、なんだかその、新婚さんみたいで、少し照れる。

そんななんともこそばゆい時間のあと、出勤の用意を終えた楓馬さんに車で家まで送ってもらって、私もバタバタと身支度を済ませた。あとはいつも通り駅に向かって、電車に揺られて出勤だ。年末年始間近ということもあって、仕事は山のようにある。昨夜の名残（なごり）でちょっと身体がだるいけれど、休むわけにはいかない。

服の下には、今朝彼にもらったネックレスをそのまま着けている。なんとなく、外したくなかったのだ。うちの会社では、業務の妨げになるほど華美なものでなければアクセサリーを身につけていいことになっているので、問題ない。

胸元に揺れるウサギに励まされながら、今日はなんとしても残業をせずに帰るぞと、伝票の整理や打ち込み作業に勤しむ。そしてどうにか業務時間内に仕事を終わらせ、私はそそくさと立ち上がった。

「あ、桜井さん」

「鈴木さん」

コーヒーのお代わりを淹れに席を立っていた鈴木さんが、マグカップを手に戻ってくる。

「もう帰り？　あと三十分で残業終わらせるから、よかったら一緒にごはん食べ行かない？」

鈴木さんとは、一緒にランチをして以来、何度か会社帰りにごはんを食べに行ったことがあった。仕事の愚痴を言ったり、彼女のグルメ談義を聞いたりしながら食事をするのは楽しくて、予定さえなければ喜んでと言うところだったのだけれど――

「ごめんなさい。今日はこれから行くところがあって」

「あっ、もしかしてデートだった？　ごめんね、いつも急に誘っちゃって」

「いいえいいえ！　また誘ってください」

私はぺこっと頭を下げた。すると、私達の会話を聞いていたらしい他の女性社員達が、何故か周りに集まってくる。

「もー、だめだよ鈴木さん。桜井さん、今日はずっとソワソワしてたんだから」

私の隣の席の同僚、高梨さんが鈴木さんの肩をがしっと組んで言う。

「うんうん。いつも以上に気合入れて伝票処理してたよね」

そう訳知り顔で頷くのは、向かいの席の戸田さんだ。

「そういえば、なんだか昨日までと雰囲気違うよね。彼氏と仲直りでもしたの？」

トレードマークの赤縁眼鏡をくいっと押し上げ、経理部で最年長の岩本女史が尋ねてくる。

「え、えっと……」

「えっ、桜井さん彼氏と揉めてたの？」

驚きの声を上げるのは鈴木さんだ。

それはその、揉めていたというか、なんというか……

「いやわからないけど、これまでずっとテンション低めだったのが、今日はなんだか恋する乙女みたいになってるからさ～」

（こ、恋する乙女って……）

遠慮のない女性社員達の追及にしどろもどろになりながら、私はなんとか「お、お先に失礼しますっ」と頭を下げ、オフィスから逃げ出す。

（そんなにわかりやすかったかな、私……）

確かにこれまで、自分は美穂の身代わりだとずっと思い込んでいたから、楓馬さんと会う日も沈んだ顔をしていた。

でも昨夜、それは誤解だったのだと知り、彼と想いを通わせて……

今はこんなにも楓馬さんに会いに行くのが楽しみで、嬉しくてならない。ただそれを同僚達に見透かされていたのは気恥ずかしかった。これからは、あんまり顔に出さないようにしないと。

（それにあの調子だと、明日もからかわれそう。うう、明日からお休みならよかったのにな）

うちの会社は、明後日から年末年始休業に入るのだ。もう一日ずれていたらしばらく同僚達に絡まれることもないのにと思いつつ、更衣室で通勤着に着替え、足早に会社を後にする。今日は通勤用の鞄の他に、一泊分の着替えなどが入った鞄を持っていた。

それからいつもとは違って、通勤着もちょっとだけお洒落している。普段使いのコートの下には、灰色にグレンチェック柄のワンピース。足にはマットな質感の黒タイツを穿き、ファーつきの黒いショートブーツを合わせている。美穂が着ていたようなハイブランドの服ではなく、カジュアルブランドのプチプラアイテムばかりだけど、私なりに可愛く装ってみたつもりだ。

会社の最寄駅から電車に乗り、スマホをチェックする。楓馬さんからメッセージが届いていた。今日も残業らしく、八時までにはなんとか帰るから夕飯を用意して待っていてほしいとのことだ。

私はそれに返信し、途中の駅で降りて買い物を済ませる。まずは遅くなってしまったクリスマスプレゼント。どれがいいか頭を悩ませ、迷いに迷った結果、彼が愛用しているブランドのショップでネクタイを買った。

黒に近いブルーの光沢が美しいシルクタイは、きっと楓馬さんによく似合うだろう。

それから彼のマンション近くのスーパーで、今日の夕飯と明日の朝食用の食材を買う。メニューは移動の電車の中で決めておいたので、プレゼントを買う時ほど時間はかからなかった。

増えた荷物を手にマンションのセキュリティを解除し、エレベーターに乗って十五階に上がる。

結局この合い鍵を返さずに済んだなと思いつつ、彼とお揃いのストラップがついた鍵で部屋の扉を開け、灯りを点けた。

食材はキッチンに、それ以外の荷物はソファに置かせてもらって、泊まり用の鞄からエプロンを取り出し、さっそく夕食作りにとりかかる。

今夜のメニューは具沢山のホワイトシチュー、ミニトマト入りのポテトマッシュキッシュ、ロメインレタスとカリカリベーコンのシーザーサラダ、手羽元を使ったローストチキンだ。

ローストチキンを作ることにしたのは、一緒に祝えなかったクリスマスのやり直しを兼ねて、クリスマスっぽいメニューにしようと思ったから。

そして主食は、シチューに合わせてスライスバゲットにした。半分はそのままで、残り半分はガーリックトーストにしておく。それから一応、ご飯も炊いておいた。私はシチューにはパン派だけど、楓馬さんはご飯派かもしれないから。

飲み物は赤ワインとウーロン茶。明日も仕事があるので、私はお酒は飲まないでおくつもり。デザートには、ラズベリーとチョコレートのケーキを買っておいた。スーパーからマンションまでの途中にケーキ屋さんがあって、お店から漂う甘い香りに心惹かれてつい寄ってしまったのだ。

食事の用意が整ったころ、スマホに「今マンションの下」と楓馬さんからメッセージが届いた。ほどなく「ただいまー」という声と共に、部屋の扉が開く。

ぱたぱたと玄関先まで出迎えに行くと、彼はくんくんと鼻を動かし、「良い匂いがする」と笑みを浮かべた。

「おかえりなさい、楓馬さん」

「…………っ」

そう声をかけたところ、彼は何故か両手で顔を覆う。

「楓馬さん？」

「いや、すごくいいなあって思って。帰ったらあったかいごはんができていて、志穂がこうして『おかえりなさい』って出迎えてくれるの。新婚さんっぽい。夢みたいだ……」

「も、もう、楓馬さんったら……」

夢みたいだなんて、ちょっと大げさですよ。

確かに、私も今朝は「新婚さんみたいだなあ」って思ったけれど……と気恥ずかしく感じつつ、ニコニコと上機嫌な彼と食卓を囲む。

楓馬さんはテーブルの上に並んだ料理を見て、「すごい！　これ全部志穂が一人で作ったの？　どれも美味しそうだね。今朝も思ったけど、志穂は料理上手なんだなあ」と褒めてくれた。

手放しの賛辞に、胸が熱くなる。頑張って作ってよかった。それに、彼が「クリスマス風のメニューだね」と、気づいてくれたのも嬉しかった。

「数日遅れですけど、一緒に祝えたらと思って。そうだ、これ、私からのクリスマスプレゼントです。受け取ってもらえますか？」

私はソファに置いていた紙袋を持ってきて、楓馬さんに手渡した。

「気にしなくてよかったのに。でもありがとう、志穂。開けてもいい？」

「はい」

彼は紙袋の中から長方形のボックスを取り出すと、リボンを解き、そっと箱を開ける。

「わ、ネクタイだ。……どう？　似合う？」

箱から出したネクタイを胸元に当て、楓馬さんが尋ねてきた。私は思っていた通りよく似合うと、笑顔で頷く。

「とっても素敵です」

「ありがとう、志穂。一生大切にするよ」

「……っ」

愛おしげにネクタイを見つめ、彼は言った。それはネクタイの話なのに、まるで私自身が「一生大切にする」と言ってもらえたような気がしてしまって、心臓がドキッと高鳴る。

「……志穂？」

（わ、私ったら……）

長年片想いをしていた人と相愛になれたからって、浮かれすぎてやしないだろうか。

「どうしたの？　志穂」

「……あっ、いえっ、な、なんでも。お、お腹空いてますよね。ごはんにしましょう」

楓馬さんに呼びかけられていたことに気づき、私は慌てて自分の席に戻った。

彼はワインを、私はウーロン茶をグラスに注いで、「数日遅れだけど、メリークリスマス」と乾杯する。そうして軽く喉を潤したあと、楓馬さんは何から食べようか迷った末、ローストチキンにぱくっと齧りついた。

「んっ、美味しい！　これすごく美味しいよ、志穂」

「よかった……」

一応味見はしていたけれど、彼の口に合うか、実際に食べてもらうまで不安だったのだ。

ホッと胸を撫で下ろし、私もシチューを口にする。

（美味しい……）

不思議だなあ。普段と同じ材料、同じレシピで作っているのに、彼と一緒にいるだけでいつも以上に美味しく感じられるなんて。

それは、他の料理も同じだった。

美味しい料理に自然と口が緩み、会話に花を咲かせながら二人きりのディナーを楽しむ。

今日、帰り際に同僚達にからかわれたことを話すと、楓馬さんはくすくすと笑って「いい同僚さん達だね」と言った。

「はい、とても」

それから彼も、今月の初めごろに行った海外出張の話などを面白おかしく語ってくれる。彼は三柳のお父様のアメリカ・ニューヨーク支社視察に付き合わされたらしい。しかも、お仕事の合間にやれあの観光地に行ってみたい、夜は日本食が食べたい、お土産を買いに行きたいと我儘を言われ、彼曰く「さんざんこき使われた」のだとか。そして私に贈ってくれたあのぬいぐるみとネックレスは、その出張先で買ったものなのだそうだ。

(私も、一生大切にしよう……)

ワンピースの胸元を飾るウサギのチャームに触れ、心の中でひとりごちる。ちなみにこのネックレスと共に贈られたぬいぐるみは、私の部屋のベッドでお留守番中だ。

そうして楽しい時間はあっという間に過ぎ、デザートのケーキに二人で舌鼓を打っていると、楓馬さんが突然フォークをお皿に置き、真剣な顔で私を見据えた。

「ねえ、志穂。ずっと言おうと思っていたんだけど……」

「は、はい」

なんだろう。もしかして、「美味しい、美味しい」って食べてくれていたけれど、本当は口に合わないものがあった……とか?

(それとも、私に何か至らない点が――)

「俺と結婚してくれないか」

「ふぇっ!?」

ま、まさかのプロポーズ!?

思いがけないタイミングで告げられた予想外の言葉に、つい変な声を出してしまった。

だ、だって、両想いになれただけでも夢みたいなのに、まさかその翌日にこんな、突然求婚されるなんて思わないもの。

「ど、どうして、いきなり……」

「いや、志穂との結婚はもうずいぶん前から考えていたことなんだよ。色々とすれ違っていたけど、婚約だってしていたんだし」

い、言われてみれば確かにそうかもしれない。

彼は最初から、私と結婚するつもりで婚約を結んでいたんだ。

「でも、これまではそんな話、全然……」

美穂に代わって私が楓馬さんの婚約者になったあと、具体的な結婚話はなかなか出てこず、父がそれとなく打診してもなしのつぶてだったと聞く。

そう指摘すると、彼は苦笑まじりに話してくれた。

曰く、楓馬さんは私の気持ちが落ち着くのを待っていたのだという。姉が死んで間もなく婚約を申し出てしまったことに負い目を感じ、せめて結婚までは時間をかけたいと思っていたんだって。

「昨夜、長年の誤解が解けて、志穂とようやく両想いになれた。そして今朝と今と、この部屋で一緒に過ごしてさ。やっぱり志穂が好きだ。これからもずっと一緒にいたい。手放したくないって、改めて強く思ったんだ。志穂に俺の奥さんになってほしい。もちろん、時期とか、結婚式のこととかは、志穂の希望を優先するよ。……まあ、俺としては一刻も早く志穂と籍を入れて、一緒に暮らしたいくらいなんだけど」

「楓馬さん……」

そう言ってもらえて、すごく嬉しい。

私も、同じように感じていたから。

でも——

（もし私が楓馬さんと結婚することになったら、きっと、両親は……）

数日前に絶縁を宣言した両親のことが頭に浮かび、すぐに答えを出せない。

あの時は楓馬さんと別れるつもりだったし、自分一人ならどうとでもやりすごせると思った。

けれど、私がどんなに関わりたくないと感じていても、大企業の御曹司と結婚する娘を、あの二人が放っておくとは思えない。

「志穂……？　ごめん。さすがに突然すぎたかな」

表情を曇らせ、俯く私に、彼は申し訳なさそうな顔をする。

私は慌てて「違うの」と否定した。

「楓馬さんは何も悪くない。プロポーズしてもらえて、すごく、すごく嬉しいです。ただ……」

私はぽつぽつと、最近あった父と母の呼び出し、父の会社が上手くいっていないこと、母が父に隠れて借金を作っていること、二人とも楓馬さんや三柳家を良いように利用しようとしていること、そして母に新たな縁談を持ちかけられ、絶縁を宣言したことなどを話す。

「母はきっと、絶縁について父に話していないんだと思います。たぶん、本気にしていないんでしょう。それにいくら私が関わりを絶とうとしても、あの人達が諦めるとは思えなくて……」

そう考えたら、どうしても二の足を踏む。

「だから、私……」

本当は、私だって楓馬さんとずっと一緒にいたい。結婚して、家族になりたい。

でも今のままでは、楓馬さんにも、三柳の家にも迷惑をかけてしまう……

「……そうか。ねえ、志穂。あの両親のことは置いておいて、俺と結婚してもいいと、結婚したいと思ってくれている？」

「それは、もちろん……」

なら、と。彼は満面の笑みを浮かべて言った。

「俺に任せておいて。必ず、志穂の憂いを晴らしてみせるから」

「楓馬さん……」

そして彼は甘いケーキに再びフォークを入れながら、私の憂いを晴らす『作戦』を話してくれたのだった。

数日遅れのクリスマスディナーからさらに日が経ち、年が明け、もうすぐ年末年始休暇も終わろうかという一月四日。私は楓馬さんと共に、実家を訪れていた。

もう二度と足を踏み入れまいと思っていたのに、一ヶ月足らずで再び来ることになろうとは。

今日訪ねることは、年末のうちに連絡を入れていたのだけれど、電話をとった母にはここぞとばかりに「絶縁するんじゃなかったの？」と、小馬鹿にした声で嫌味を言われたっけ。

それでも今回は楓馬さんも一緒ということもあって、私達を迎え入れた両親は、表面上はとてもにこやかな大歓迎ムードだった。

「さあさあ、寒かったでしょう。早く中に入って。今日は楓馬くんのために美味しいお茶とお菓子を用意してあるのよ」

リビングに通され、ソファに腰かける。テーブルには母の言う通り、母お気に入りのパティスリーで買ったらしい焼き菓子が用意されていた。

「正月早々、二人揃って挨拶に来てくれるとはな。良い報告を聞かせてもらえたらいいんだが」

私達の向かいにどっかりと腰かけた父が、ニヤニヤと笑いながら言う。明らかに結婚を匂わせる父の言葉に、楓馬さんはにっこりと笑って頷いた。

「ええ、今日は俺達にとってとても良いご報告をしに来たんです」

「ほう！」

「ま、まあ。それはめでたいわねえ」

喜色を滲ませる父の隣で、母の愛想笑いが一瞬崩れた。

ちらっと横を見ると、楓馬さんは口元に笑みを浮かべたまま、視線だけは冴え冴えと両親を見据えている。

「近く、俺は志穂と籍を入れます。結婚式は、まあ年内には挙げられたらと」

「おお、やっとか！　いやあ、めでたい。それなら近々、結納の場を設けないとな。ああその前に、一度両家で食事会でもどうだ？　三柳社長にも、改めてご挨拶に伺わないと」

父は上機嫌で言い募ったが、楓馬さんはそれを笑顔で一蹴した。

「いいえ、その必要はありませんよ」

「……は？　どういうことだね、楓馬くん」

「今後、俺達の人生にあなた方が関わる必要はないと言っているんです。そうだろう、志穂」

彼に話を振られ、私はこくんと頷いた。

そして改めて、困惑顔の両親に視線を向ける。

（……っ）

これから自分が話す言葉に、この人達がどんな反応を示すだろうかと思うと、ちょっとだけ臆してしまう。けれど、傍らに座る楓馬さんが「大丈夫だよ」と言うみたいに私の手をぎゅっと握ってくれたから、意を決して口を開いた。

これは、私が自分で告げなければならないことだから。

「お母さんには先月も言ったけれど、私はこの家と、お父さんお母さんと……絶縁します」

「なっ……！」

「あなた、まだそんな馬鹿なことを！」

絶句する父と、顔を真っ赤にして激昂する母。それを無視して、私は話を続ける。

「お父さんは、自分の会社の失敗を楓馬さんや三柳家の力でなんとかしようとしている。お母さんは、自分が作った借金の返済のために私を二十も年上の男性と結婚させようとした」

「そ、それはっ」

「どういうことだ恭子！　俺は何も聞いていないぞ！　結婚？　それに借金だと!?」

「な、なによ！　あなたの稼ぎが悪くなったから、仕方なく他から借りたんじゃない！」

「お前には十分な生活費を渡してあるだろうが！」

「全然足りないのよ！　私は悪くないわ！」

お客様——楓馬さんの前だということも忘れ、父と母が醜く言い争う。

それを乾いた気持ちで眺めながら、私はすうっと息を吸い込み、「いい加減にして！」と怒鳴った。

「お父さんもお母さんも、昔から自分のことばっかり！　私や美穂のことだって、都合の良い駒としか思っていなかったんでしょう。昔は、それでも愛されたくて、二人の言うことを聞こうとしていた。あなた達の娘でいようと思った。……でも、もう無理なの」

今の両親の姿が情けなくて、悲しくて、目頭が熱くなる。

「私は、楓馬さんと結婚する。だけどそれは、お父さんのためでも、お母さんのためでもない。私は私が幸せになるために、彼と二人で幸せになるために、楓馬さんと結婚するの」

そしてそのために、私達の幸せの妨げにしかならない両親と、縁を切る。

「もう二度と、私と楓馬さんに関わらないで」

「ば……馬鹿なことを！　親子の縁を切るなんて、できるわけがないだろう！　この親不孝者め！」

「そうよ！　今まで世話になった恩を返そうと思わないの⁉　実の親がこんなに困っているのに助けようとしないなんて、本当に冷たい子ね！」

「ふざけたことを言うな‼」

両親が口々に私を責め立てた瞬間、それまで黙って話を聞いていた楓馬さんが一喝した。

彼がこんなに声を荒らげるところなんて初めて見たから、私もついびくっとしてしまう。

「これまでろくに愛情を注いだこともないくせに、都合の良い時だけ親の顔をするな！　親不孝だ？　そういう台詞は、まともな親になってから言え！　冷たい？　志穂はあんた達なんかよりよっぽどあったかい心を持ってるよ！」

「楓馬さん……」

いつも優しくて穏やかなこの人が、私のために怒ってくれるのが申し訳なくて、でも同じくらい嬉しかった。

私には、彼がついていてくれる。

だからもう、この両親と向き合うことも怖くない。

「ふ、楓馬くん。いくら君でも、年長者に向かって……」

彼の剣幕に気圧（けお）されながら、それでも食い下がる父に、楓馬さんは険しい顔から一転、にっこりと笑みを浮かべた。けれどその目は笑っておらず、かえって凄味（すごみ）を感じる。

「おじさんの会社、相当追い込まれている様子ですね。このまま手をこまねいていたら、遠からず倒産してしまうかもしれませんよ」

「そっ、それは……」

続いて楓馬さんは母に視線を移し、言葉を続けた。

「そしておばさん、どうもよろしくない筋からお金を借りてしまったようだ。利子を含めて、三千万ほど……でしたっけ？」

「ひっ」

「さ、三千万だと⁉」

この家へ来る前に、楓馬さんは父の会社の状況や母の借金について調べていてくれたのだ。

私も、まさか母の借金がここまでとは思わず、総額を知った時は驚いた。

「ああ、あくまで現時点で……ですよ。返済が遅れれば遅れるほど、利子が嵩んできますからね」

「今のうちに、そんな金は……」

「だ、だって。仕方ない、仕方なかったのよ」

父は髪を掻き毟り、母は俯いてブツブツと言い訳にもならない言い訳を繰り返している。

そして楓馬さんは、動揺している二人に話を持ちかけた。

「志穂と親子の縁を切るのであれば、最後に一度だけ助けてあげましょう。信頼できる優秀な経営コンサルタントをご紹介しますよ。彼はきっと、おじさんの会社を立て直してくれるでしょう。もちろん、三柳建設も三柳家も、その時までは援助してさしあげます。大丈夫、父の許可はちゃんと得ていますから。ただし……」

そこで言葉を切って、彼は母に視線を移した。

母はまるで蛇に睨まれたカエルのように、「ひいっ」と小さな悲鳴を上げる。

「おばさんの借金は、お二人でどうにかしてくださいね。なに、この家や資産を少し整理すれば返せない金額ではないでしょう」

「うっ……」

「そっ、そんなっ、代わりに返してくれたっていいじゃない」

「恭子！」

「甘えたことを言わないでください。あまり多くを望むと、全てをとり零しますよ？」

それは、これ以上ごねるならコンサルタントの紹介も援助もしないぞという脅しだ。

「……っ」

長い逡巡の末、父は楓馬さんの言葉に頷き、母の借金はどうにかすると言った。

「よろしい。ではその対価として、あなた方には今後一切志穂や俺に近づくこと、関わることを禁じます。後日弁護士を送りますので、誓約書に署名捺印をお願いしますね。もちろん、先日志穂がおばさんに言ったように、彼女も桜井家の相続は放棄します。そうだろう？　志穂」

「はい。何もいりません」

私はこくんと頷いた。父の会社への援助を餌に、私との絶縁を受け入れさせる。それが楓馬さんの考えた『作戦』だ。私としては、結果的に父の目論見通りになってしまうこと、楓馬さんや三柳家に迷惑をかけることが心苦しかったのだけれど、楓馬さんは「これくらい、志穂のためなら安いものだよ」と言ってくれた。そしてここまでしてやるのだから、私が両親に養育費を返す必要はない、とも。

「親子の縁を、切ってください」

私は改めて、両親に自分の意思を告げた。

「し、志穂……」

「お父さん、お母さん、これまで育ててくださって、ありがとうございました」

深々と頭を下げる。まるで、嫁ぐ娘が両親に告げる別れの言葉みたいだと思った。いつか思い描いていた光景とは、だいぶ状況が違うけれど。

「もし誓約に違反するようであれば、うちからの援助は打ち切り、違約金を支払ってもらいますからくれぐれもお気をつけて。……それじゃあ志穂、行こうか」

「はい」

そして私達は、悄然と項垂れる父と母に最後の一瞥をくれて、今度こそもう二度と足を踏み入れることはないだろうこの家をあとにした。

（……結局、両親とは最後までわかり合えなかったなぁ）

実は楓馬さんの計画では、もし両親が悔い改めてくれるようであれば、絶縁せずに済む道も用意されていたのだ。

それを少しだけ、残念に思う。けれど、かつてのような未練はない。

最初に母へ絶縁を告げた時と心持ちが違うのは、寄り添ってくれる人がいるから、なんだろうな。

「志穂、大丈夫？」

私の手を握り、楓馬さんが気遣いに満ちた声をかけてくれた。

「……はい」

私には、この人がいてくれる。

「ありがとうございます、楓馬さん」

だから大丈夫なのだと、私は繋いだ手にきゅっと力を込め、彼の手を握り返した。

十　君に、心からの祝福を

両親への絶縁宣言から一月ほど時が過ぎ、バレンタインデーを間近に控えた休日のこと。

東京に珍しく雪が降った朝に、私は美穂の眠る霊園を訪れていた。

日曜日ということもあって、墓地にはちらほらお参りする人の姿が見受けられる。

私は墓石にうっすらと積もった雪を払い、お線香に火を点けて香炉に上げた。

手を合わせ、今は天国にいる姉に心の中で語りかける。

（おはよう、美穂。今日は寒いね）

美穂はとても寒がりで、この季節はいつも服を何枚も重ね着していたね。

冬なんて早く終われればいいのに！　って、よく言っていたっけ。

今あなたがいる場所は、ここと同じくらい寒いんだろうか。それとも、暖かいんだろうか。

暖かい場所だといいな。美穂が一番好きだった春のように、ぽかぽかと心地良い陽射しが差し込んできて、綺麗な花がたくさん咲いている。そんな場所であればいいと思う。

（前回から日が空いてしまって、ごめんなさい）

先月はバタバタしていて、ここに来る時間が作れなかったのだ。

（今日は、美穂と話したいことがいっぱいあるんだよ）

楓馬さんのこと。両親のこと。そして……私が知らなかった、美穂のこと。

（……偽装婚約だったなんて、夢にも思わなかったよ。どうして言ってくれなかったの？）

美穂が本当のことを黙っていたせいで、私はずっと失恋し続けている気になっていたのだ。

それを少しばかり恨めしく思う気持ちは、ある。

もっと早く話してくれていたらよかったのに、どうして教えてくれなかったの？　って。

だけど美穂は美穂なりに、あの両親から自分の恋を守るのに必死だったのかもしれないなと、今は思う。私じゃ、美穂ほど上手に本心を隠せなかっただろうから。

（それから、両親のことだけどね。……先月、楓馬さんと一緒に絶縁を宣言してきたの）

あのあと、父と母は三柳家の用意した誓約書に署名捺印し、絶縁を受け入れた。実家は売りに出し、母が集めたブランド物の服やバッグ、アンティーク家具なども売却して、借金を返済。楓馬さんが手配した経営コンサルタントの指示のもと、会社の立て直しに奔走しているらしい。ただ夫婦仲は、母が黙って借金を重ねていたこと、父が家と母のコレクションを売り払ったことで、以前よりも悪化し、喧嘩が絶えないようだ。近々離婚するかもしれないなと、楓馬さんが言っていた。

（だから私達の結婚式にもね、あの人達は呼ばないよ。新婦の両親が参列しないなんて、体裁が悪いかなって悩んだけど、楓馬さんもあちらのご両親も、気にしなくていいって言ってくれたから）

楓馬さんとは、年内には式を挙げるつもりで準備を進めている。

（あ……っと、そうだ。実はね、私達……先月、籍だけ先に入れたんだ）

言うのが遅れてしまったけれど、私は今年の一月に、桜井志穂から三柳志穂になった。

楓馬さんが、私をいつまでもあの家の戸籍に入れておきたくないって、そう言ってくれたためだ。両親が誓約書にサインするのを待って、婚姻届を提出した。

だから今は、楓馬さんの部屋で一緒に暮らしている。先月バタバタしていてここに来られなかったのは、引越しとか、結婚後の手続きとか、挨拶回りとかで慌ただしかったから。

ちなみに三柳のご両親には、うちの両親との絶縁に関する相談がてら、年が明けてすぐご挨拶に伺った。急な話だったし、絶縁を承諾させる代わりに援助してほしいなんて図々しい話で、私は恐縮しきりだったんだけど、お義父様もお義母様も快く受け入れてくださった。お義母様は「これからは私のことを、本当のお母さんだと思って甘えてね」って抱き締めてくれたし、お義父様も「力になるから、いつでも頼ってきなさい」って言ってくれた。

（本当の親にだってそんなこと言われたことなかったから、私、泣いちゃったよ……）

それから私の会社の人達も、突然の結婚報告に驚きつつ、明るく祝福してくれた。

私は姉の墓前にそんな近況を報告する。

「美穂……」

目を瞑ると、今も美穂の明るい笑顔が浮かんでくるようだ。

あの姉なら、きっと今の私の話を聞いて「よかったね、志穂」と、笑って言ってくれるだろうな。

（……でも、本当に……？）

もしかしてそれは、私の勝手な願望なんじゃないか。

そんな疑念が、隙間風が吹き込むように心を過る。

（……美穂は、私の幸福を喜んでくれるだろうか……）

だって私が美穂だったら、とても祝福する気持ちにはなれないと思うのだ。

自分は死んでしまったのに、妹だけが幸せになるなんて。

これまでとは違う後ろめたさが、胸に込み上げてくる。忙しさを理由に足が遠のいていたのは、この感情から目を逸らしたかったせいもあるのかもしれない。

亡くなった美穂と向き合うことで、露呈する罪悪感。

（本当に、私だけが幸せになっていいのかな……）

答えが返ってくるはずもない問いを、心の中で投げかける。

これも一種のマリッジブルーなのだろうかと思ったちょうどその時、私の背後から、こちらに近づいてくる靴音が響いた。

（あ……）

「……遅れてすみません。雪で、新幹線が遅延してしまって」

落ち着いた男性の声が、私の背中にかけられる。

私はゆっくりと立ち上がり、振り返ってその声の持ち主に頭を下げた。

「いえ、お気になさらず。今日は遠方から来てくださってありがとうございます。はじめまして、美穂の妹の桜……いえ、三柳志穂です」

一礼して、顔を上げる。改めて目にした男性は、くしゃくしゃの癖っ毛に、無精ひげ。黒縁の眼鏡をかけていて、体形は意外にがっしりとしていて逞しい。一見いかつい顔立ちをしているけれど、困ったように笑うその表情からはどことなく人の善さが窺える。

（この人が、美穂の……）

実は、私は今日、二人の人物とこの場所で待ち合わせをしていたのだ。

一人は楓馬さん。というか、彼とはここへ一緒に来るはずだった。けれど出がけに会社から連絡があって、彼は急遽出社することになり、私一人でここへ来た。

そしてもう一人が、この人。

彼は美穂の恋人で、私と楓馬さんをこの場に呼び出した人物でもあった。

「はじめまして、小野田和明と申します。……といっても、あなたにお会いするのは初めてではないのですが」

「えっ？」

「美穂の葬儀の時に……」

「……あっ」

言われてみれば、この人の姿に見覚えがある。

確かあの時、目に涙を湛え、悲痛な表情で遺影を見つめていた男性がいた。

てっきり学生時代の恩師かと思ったけれど、そうか、この人が美穂の恋人だったんだ。

ああでも、二人は最初、教師と生徒という関係だったというから、恩師というのも間違いではないのか。

「そういえば、楓馬くんは？」

「それが、仕事で急に呼び出されまして。遅れてしまいますが、用件が済み次第こちらに向かうそうです」

「そうですか……。では先に、美穂にこれを」

そう言って、小野田さんは手に持っていた花を手向ける。

いつか見た時と同じく、桔梗の花を一輪ずつ。

私は、今日は彼が来ると知っていたから、仏花を持ってこなかった。

花立てに挿された桔梗が寂しげに佇む中、小野田さんはお線香を上げ、両手を合わせる。

美穂に何を語りかけているのか、彼はしばらくの間、じっと祈りを捧げていた。

「……ああ、すみません。ここへ来ると、どうしても長話をしてしまって」

「いえ。私も……今日はずいぶんと長話をしてしまいましたから。気持ちはよくわかります」

むしろ妹として、こうして今もお墓に通い、花を手向け、姉に話しかけてくれる人がいることを嬉しく思う。きっと、美穂も喜んでいるだろう。

「そう言っていただけるとありがたいです。それで、今日わざわざここへお呼び立てした理由ですが……」

「確か、私に渡したいものがあると？」

「ええ。実は先日、荷物を整理していたら美穂のノートが出てきまして」

「ノート……？」

美穂の恋人が、私に渡したいものがあるらしい。ついては二月に上京する予定があるので、その時に会えないだろうかと言っている。

小野田さんからの連絡を受けた楓馬さんが私にそう話してくれたのは、先週のことだ。

そうして今日、ここで会うことにしたものの、その『渡したいもの』がなんなのかまでは聞いていなかった。

「はい。中身を見て、これはあなたに渡した方がいいだろうと思ったのです」

小野田さんは鞄から一冊のノートを取り出した。

レトロなデザインの表紙が可愛い、Ｂ５サイズのノートだ。受け取って中を開くと、そこには見覚えのある癖字で、走り書きのように色々な言葉が書き連ねられていた。

『明日はぜったいラーメン食べに行く。味噌ラーメン』

『早く和明さんと結婚したい！』

『引越しの準備は順調。母にはバレてない』

『新天地でやりたいことリスト。ご当地グルメも要チェック！』

「これは……」

「彼女が覚え書きとして使っていたノートです。美穂はよくこうして自分の気持ちや考えを文字に起こしていました。そうすると頭の中が整理されるし、忘れずに済むからって」

「そう、だったんですね……」

ノートには他にも、短い日記みたいにその日の出来事を書いた文章や、当時美穂がしたいと思っていたことを箇条書きにしたものが記されていた。

「……このページを見てください」

一度私の手からノートをとった小野田さんが、後ろの方のページを開き、私の手に戻す。

『いよいよ駆け落ちの日取りが決まった。楽しみでならない。でもその前に、志穂にちゃんと話さないと。そして、謝らなければいけないことがある』

（美穂……）

『私と楓馬くんの婚約が、偽装だったということ。楓馬くんが好きなのは、志穂だということ。そして志穂が楓馬くんに惹かれていると知りながら、彼の真意を志穂にずっと黙っていたこと……』

そこに記されていたのは、思いがけない美穂の真実だった。

『私は、志穂が羨ましかった』

（え……）

『私はずっと、母の理想の娘を演じてきた。そうあるように育てられたから。

自分はとても可愛がられている、志穂より愛されていると得意に思って、あの子を下に見ていた時期もあったけれど、母は私が少しでも自分の理想から逸脱することを決して許さなかった。

明るくて、社交的で、優秀な娘。そう在り続けなければ、志穂に取って代わられるかもしれない。これまで志穂がされてきたみたいに母に無視されるかもしれないと思うと怖くて、私は必死に母の期待に応え続けた。

まるで自分が人形にでもなったかのようだった。

志穂は私を羨んでいたけれど、私は母の異常な期待を受けていない志穂が羨ましかった。

そして幼いころはその鬱憤を志穂にぶつけ、八つ当たりして、意地悪をした時期もあった。

みんな――志穂さえも私を素晴しい人間のように言っていたけれど、本当の私はちっぽけで、臆病で、卑怯な人間だ。私が本当に優れた人物だったなら、あんな親のもとからは志穂を連れて逃げ出していただろう。

私の周りには、私達に無関心な父親と、私を理想の娘に仕立て、志穂をその引き立て役にして悦に入る母親と、上っ面しか見ない大人達、それに倣う子ども達しかいなかった。

そんな世界に、先に見切りをつけたのは志穂だ。

志穂は両親に期待することをやめ、家の外で自分の世界を広げていった。

友達の数は私に比べてうんと少なかったけれど、私と違って心から通じ合える友達を得ている志穂がとても羨ましかった。

親に愛されなくたって、自分を見てくれる人間はいる。認めてくれる人がいる。そう私に教えてくれたのは志穂だった。

母のお人形でなくてもいいんだ。そう思えるようになった時、出会ったのが小野田先生……和明さんだ。あんな外見をして、古典文学の繊細さやロマンを熱く語る先生の姿に最初は呆れ、でも気づけばいつも目で追うようになり、恋に落ちていた。

こんなにも誰かを愛しいと思ったのは初めてだった。私はどうしても和明さんと結ばれたい。

でも、娘を政略結婚に使おうとしている父や、私に歪んだ理想を押しつける母が、親子ほど年の離れた和明さんとの恋を認めるはずがない。

いかにして両親の目を逃れ、和明さんの心を得るか。そう悩んでいたころ、楓馬くんとの縁談が持ち上がった。嫌でたまらなかったけれど、両親に不審を抱かせることで動きにくくなっても困るため、年季の入った猫を被って彼と対面した。

すると、面白いことが起こった。彼は私ではなく志穂の方に心を奪われたのだ。何故、当の志穂や私の両親は気づかなかったのだろう。彼はあからさまに志穂を見ていたし、私より志穂の方を気にしていたのに。

楓馬くんは貧弱そうな外見でちっとも好みじゃないが、見る目がある。だって私の妹は、志穂はとっても可愛いのだ。私みたいに見た目だけ取り繕った可愛さじゃない。志穂は優しくて、我慢強くて、真面目で、努力家。私の自慢の妹だ！

その時私は、楓馬くんを抱き込んで双方の望みを叶える計画を思いついた。

そして私達は、表向きは婚約者として振る舞い、お互いの恋に協力してきたのだ。

作戦は予想以上に上手くいって、私は無事両親に怪しまれることなく、自分の恋を成就させた。

ただ私は、志穂に私達の婚約の真意や楓馬くんの気持ちを伝えなかった。楓馬くんには私から言っておくと告げ、その実、志穂には一切話さなかったのだ。

志穂は、すっかり根性がひねくれ曲がり本心を隠すのが上手くなってしまった私とは正反対で、気持ちが素直に顔に出てしまう子だ。私は志穂に真実を話し、そこから両親に計画を悟られることを恐れていた。

……でも、黙っていた理由はそれだけじゃない。

何年もかけて、ようやく和明さんの心を手に入れた私と違い、志穂は出会ったその日に楓馬くんに惹かれ、また楓馬くんも一目見たその瞬間から志穂を好きになった。運命的に恋に落ち、あっさりと両想いになった二人のことが、少しばかり妬ましかったのだ』

（美穂……）

美穂が、私を自慢に思ってくれていた？　羨んでいた……？

だから、本当のことを黙っていた……？

『私が本当のことを話していたら、二人はすぐにでもくっついていただろう。それを邪魔したのは、私の勝手な都合と嫉妬のためだ。

そのせいで、志穂にはずいぶんと切ない思いをさせてしまった。

大学に入り、あからさまに楓馬くんと距離を置いた志穂。もしかしたら別に好きな相手ができるかもしれないと思っていたけれど、志穂には未だ浮いた話はない。おそらく、まだ楓馬くんのことを想っているのだろう。

近く、私は和明さんと東京を離れる。

ようやく両親の楔（くさび）から逃れ、二人で幸せになるのだ。

その前に、志穂に本当のことを告白する。私達の偽装婚約のこと。楓馬くんと志穂の二人が本当はずっと前から両想いであったこと。

真実を知ったら、志穂はきっと怒るよね。というか、私がもし志穂の立場だったらものすごく怒る。もう一生許さない！　ってくらい、怒る。

志穂は私なんかよりずっと優しい子だから、許してくれるかもしれない。ううん、許してくれるかもじゃなくて、許してもらえるまで謝らないと』

「美穂……っ」

怒るに決まっているじゃない。

でも、許したよ。

許して、それで美穂の恋が叶うこと、小野田さんと新しい土地で幸せになることを祝福したよ。

「……う……っ」

熱いものが込み上げてきて、ノートを持つ手が震える。

瞳から零（こぼ）れた大粒の涙が、ぱたぱたっと紙面に落ちて滲（にじ）んだ。

美穂が、自分の気持ちをまとめたノート。

そこには、私が知りたかった——もう知ることはできないと思っていた美穂の気持ちが書かれている。

長かった告白は、そこで途切れていた。

隣のページには、走り書きのように『ちゃんと明日、言えるかな』『いざとなったら和明さんを召喚する』と書かれている。そして……

『志穂にはこれまで苦労した分、辛い目に遭った分、傷ついた分、たくさんたくさん幸せになってほしい』

これが、このノートに記されている美穂の最後の言葉だった。

「美穂っ……」

堪え切れず、私はノートを胸に抱き、美穂を思って泣いた。

涙が溢れて止まらなかった。

「……っ、うっ……うぁあっ……」

(美穂、美穂……っ)

私達、お互いの気持ちを話していればよかったね。

そうしたら、今とは違う未来があったかもしれない。

「志穂さん……。すみません。もっと早くこのノートをお渡しするべきでした。遅くなって申し訳ありません」

泣きじゃくる私に、小野田さんはそう言って深々と頭を下げてきた。

「そんな……っ。頭を上げてください。このノートを届けてくださったことで、十分です。ありがとうございます。本当に、ありがとうございます……っ」

私はノートを抱いて、小野田さんに頭を下げた。

彼がこれを届けてくれなければ、私はきっと一生、美穂の気持ちを知らずにいただろう。

「……っ、小野田、さん……。私、さっきまで、美穂に後ろめたさを感じていたんです」

ぐすっと鼻を啜り、ハンカチで涙を拭いながら、私はぽつりと呟いた。

「後ろめたさ……ですか？」

「……はい。美穂は最愛の恋人と死に別れてしまったのに、私は楓馬さんと結ばれた。……私だけ幸せになっていいのかなって。そんな私を、美穂は祝福してくれるのかなって。きっと、良い気持ちはしないだろうなって、思っていたんです。でも……」

姉の想いを知った今なら、はっきり言える。

「美穂なら、きっと心から笑って、言祝いでくれますよね」

泣き笑いを浮かべながら言うと、小野田さんは強く頷いた。

「ええ、もちろんです。美穂ならきっと、あなたの幸せを心から喜ぶでしょう。そして楓馬くんにも、『志穂を泣かせたら祟ってやる』くらい言うでしょうね」

冗談めかして言われ、笑いと共にまた涙が零(こぼ)れる。

そうだよね。私がずっと憧れ、慕(した)ってきた姉は、小野田さんが今も愛する美穂は、そういう女性だった。

それから、小野田さんは私の知らない美穂の話をたくさんしてくれた。

高価なブランド品を愛用していたのは、デザインや使い心地に惹(ひ)かれてではなく、こっそり換金して駆け落ち費用に充(あ)てるためだったとか。

料理教室に通って覚えた料理を小野田さんに作ったものの味が微妙で、それを正直に伝えたらすっかりむくれてしまった話とか。

フレンチやイタリアンより、チェーン店の安い牛丼が好きだと嬉しそうに笑っていたとか。こってり系のラーメンが好きだったとか。美穂の意外な一面が次々と明らかになっていく。

小野田さんの語る美穂の姿は活き活きとしていて、非常に幸せそうだった。

そしてそれを話している彼の表情からは、今も変わらない、美穂への深い愛情が窺(うかが)える。

彼はきっとこれからも、美穂に桔梗(ききょう)の花を手向(たむ)け続けるのだろう。

（美穂は、とっても素敵な人と恋をしたんだね）

その時ふと、吹き込んだ風が花を揺らした。

まるで美穂が「そうでしょう？」と得意気に応えたような気がして、私はくすっと笑ってしまったのだった。

「……志穂！　遅れてごめん！」

スーツ姿の楓馬さんが、息を切らしてこちらに駆けてくる。

「はあ……っ。小野田さんは……？」

待ち合わせ場所であるここ——美穂のお墓の前には、もう私しかいない。

私と小野田さんが上げたお線香も全て灰に変わり、わずかな香りを残すのみになっていた。

「ついさっき、帰られました。このあと人と会う約束があるからって」

楓馬さんが来るまで待てなかったことを謝っていたと話すと、彼は申し訳なさそうな顔でもう一度「ごめん」と言った。

「志穂、ずっとここにいたの？　寒かったろうに」

楓馬さんの手が、すっかり冷えている私の頬に触れる。

結局一時間ほどいただろうか。小野田さんが帰ったあと、別の場所で待つこともできたのだけれど、なんとなく去りがたくて、お墓の前で待っていたのだ。

「……もしかして、泣いた？」

彼は私の涙の痕に気づき、きゅっと眉を寄せる。

「ええ。実は……」

私は、小野田さんから美穂のノートを手渡されたこと、そこに美穂の気持ちが書かれていたことを話し、楓馬さんにもそのノートを見せた。

「こんなものがあったなんて……」

彼もノートを読み進めていく。途中、また眉がきゅっと寄せられたのは、たぶん美穂が彼のことを『貧弱そうな外見でちっとも好みじゃない』と書いた辺りか、楓馬さんの気持ちを黙っていたことや、その理由を告白したくだりを読んだせいだろう。

そして最後まで読み、私にノートを返した時、彼は不満気な声でこう言った。

「やっぱり、もっと早く来るべきだった。そうしたら、これを読んで泣いた志穂をすぐに抱き締めて、慰(なぐさ)めてあげられたのに」

「もう、楓馬さん……」

小野田さんと美穂の前でそんなことをされたら、困ってしまいます。

でも、その気持ちが嬉しい。

「……小野田さんがね、言ってくれたんです。美穂ならきっと、私の幸せを喜んでくれるって。それから、楓馬さんに『志穂を泣かせたら祟(たた)ってやる』くらい言うだろうって」

そう話すと、彼はさもありなんといった顔で頷いた。

「確かに、美穂なら化けて出てきそうだ。……でも、大丈夫。これから先、俺は必ず志穂を幸せにするから」

「楓馬さん……」

「だから安心して眠るといい」

最後の言葉は、美穂に向けたものだろう。

そして彼は改めて手を合わせ、そっと目を閉じた。

私も楓馬さんの隣で、もう一度美穂のお墓に手を合わせる。

（美穂、私……私ね……）

あなたがそう願ってくれたように、私は――

（美穂の分も幸せになるよ。楓馬さんと一緒に）

最後にそう伝えて、目を開ける。

ふと視線を感じてそちらを向くと、先に祈りを終えていた楓馬さんが私を優しく見つめていた。

「……じゃあ、行こうか」

「はい。……また来るからね、美穂」

楓馬さんに手を引かれ、墓前を離れる。

去り際、また冬の風がそっと吹いて、桔梗（ききょう）の花を優しく揺らした。

——ばいばい、志穂。またね。

姉がそう言ってくれた気がして、私は表情を緩める。

さっきまで寒々しいと感じていた冬の空が、今は不思議と、とても澄んでいるように見えた。

風は相変わらず冷たかったけれど、楓馬さんと繋いだ手が温かくて、心地良く感じる。

二人並んで、白い息を吐きながら歩く。ただそれだけの時間も愛おしい。

心持ち一つで、世界は変わる。

これからも、悩むことがあるかもしれない。苦しむことがあるかもしれない。

でもこの空の青さを、この手の温もりを忘れなければ、きっと乗り越えていけるだろう。

楓馬さんと、二人で……

「……帰ったら、あったかいものを食べましょうね」

私がそう口にすると、彼は嬉しそうに表情を綻ばせ、頷いてくれた。

「うん。あったかくて甘いもの、一緒に食べよう」

本当はもう、私の心はあったかくて甘いもので満たされているのだけれど。

そう思いながらもう一度見上げた空は、いつの間にか雲が去り、私の心を表すみたいに青々と晴れ渡っていた。

書き下ろし番外編

彼の意外な一面

楓馬さんと入籍し、生活を共にするようになって早半年が経った。

今年の秋には、身内と親しい友人を招き、結婚式を挙げる予定だ。日取りも決まり、今はその準備に追われている。

挙式に向け、やらなくちゃいけないことが細々とたくさんあって大変だし、本番で何か失敗してしまうんじゃないかと不安に思うこともあるけれど、楓馬さんと協力して一つ一つ準備を進めていくうち、彼との絆(きずな)が深まっていくのを感じるというか、なんというか……

とにかく、忙しいながらも幸せだなぁと思える日々を送っている。

そんな新婚生活を過ごす中、一緒に暮らすようになって初めて知ったこと、見えてきたものが色々とあった。

楓馬さんが甘党なのは昔から知っていたけれど、特にコンビニで売っているスイーツや菓子パンが大好きで、休憩時間や仕事帰りによくコンビニを回っては新商品をチェックしているというのは、結婚してから知ったことの一つだ。

コンビニの商品は手軽に買えて種類も豊富、かつ美味しい。さらに年々進化する味や、流行を取り入れたラインナップ、そこに時折混じる奇抜な品に企業側の努力と挑戦の気概を感じ、胸が熱くなるとかなんとか……

そう語る楓馬さんには少しびっくりしたけれど、いずれ大企業を背負って立つ人間として、なんらかの刺激を受けているのかもしれない。それに、目をきらきらと輝かせて大好きなコンビニスイーツについて語る彼は、普段の穏やかで優しくスマートな楓馬さんとはまた少し違って、ちょっと可愛かった。

結婚してからは私の分も買ってきてくれるようになって、二人で一緒に新作スイーツや菓子パンを試している。おかげで、私もコンビニに行くとつい棚をチェックするようになっちゃった。

ちなみに、楓馬さんは甘い物をたくさん食べているのにまったく太らない。昔からそういう体質なんだそうだ。羨ましい。心の底から羨ましい。

一方、私は食べたら食べただけ体重に影響する。一緒に暮らすようになって、楓馬さんとる食事が美味しくて、楽しくて……。以前より、確実に食べる量が増えた。結果、体重も……

うう……。ウエディングドレスを着るために、結婚式まで体形をキープしなくちゃいけないのに……

このままじゃだめだ。楓馬さんとコンビニスイーツや菓子パンを食べる量と頻度を減らし、普段の食事もカロリーに気をつける。あ、あと運動！　運動もしっかりしなくちゃ。一番手っ取り早いのは、間食そのものをなくしてしまうことなんだろうけれど、楓馬さんと一緒に甘い物を食べる時間は大好きで止めたくないので、量と回数を減らす方向で調整したい。

（楓馬さんが通っているジムに、私も入会してみようかな……）

そんなことを思いつつ、リビングの壁掛け時計を見上げる。

ただ今の時刻は午後十一時を回ったところ。十分ほど前、楓馬さんから最寄り駅に着いたとメッセージが届いたので、もうそろそろ帰ってくるころだろう。

ここ一ヶ月ほど、楓馬さんは難しいプロジェクトを任されているらしく、連日残業が続いている。帰宅が零時を過ぎることもざらにあった。

私も仕事をしているので、遅くまで待たなくてもいいとは言われているけれど、楓馬さんを出迎えたいから、よっぽど遅くならない限りは待つようにしている。

（……あ、帰ってきた）

扉が開く音を聞きつけ、私は玄関に向かった。

「おかえりなさい、楓馬さん」

「ただいま、志穂」

ふにゃりと微笑して答える彼の声に力はなく、表情にも疲労の色がありありと浮かんでいる。仕事用の鞄以外に手荷物——コンビニの袋などはなく、大好きなコンビニ回りをする余裕もなかったことが窺えた。

私は楓馬さんの鞄を受け取り、靴を脱いでいる最中の彼にこう尋ねる。

「お疲れ様です。お夕飯は食べましたか？」

「ん、食べたよ。けど、お腹空いてる」

残業中は、部下の方に買い出しに行ってもらったり、出前をとったりして食事を済ませているらしい。でもそこからさらに数時間働くと、帰るころにはまたお腹が空いているというのがざらだ。

「お夜食作りますね。何か、リクエストはありますか？」

「んん……。志穂の作ってくれるお茶漬け、食べたい」

「わかりました。お風呂の用意をしているので、先に入っちゃってください。その間に作っておきますね」

お風呂は最寄り駅に着いたとメッセージをもらった時に追い炊きしておいたので、すぐに入れる。疲れのせいか重い足取りの楓馬さんを浴室に送って、私はキッチンに立った。

(リクエストがお茶漬けでよかった。ちょうど良いものがあるんだよね)

今日、仕事帰りにスーパーに寄ったらマグロと鯛のお刺身が安かったので、それを買って夕飯にしたのだ。でも食べきれなくて、残った分をすりおろした生姜とダシ醤油に漬け、いわゆる『ヅケ』にしておいたの。

ご飯の上にヅケをのせ、熱々のお出汁をかけて食べる出汁茶漬け、とっても美味しいんだよね。

冷蔵庫にストックしてある水出しの出汁ストックを取り出し、今回使う分だけ小鍋に注いで温める。ちなみに、これは昆布と鰹節の合わせ出汁だ。

出汁を温めている間に、一食分ずつラップに包んで冷凍しておいたご飯を解凍し、小ネギと海苔を切っておく。

(あ、そうだ。確か、棚にお煎餅が残っていたはず)

家では楓馬さんの趣味で甘いおやつを食べることが多いんだけど、そうなるとたまに、無性にしょっぱいおやつが欲しくなる。それで、醤油味の堅焼き煎餅を買っていたんだ。

一枚ずつ個包装されたお煎餅を一つ持ってきて、包丁の柄を使い、袋に入れたまま細かく砕く。

こうすると、お茶漬けのアラレの代わりになるんだ。良いアクセントになるし、お出汁を吸ってふやふやになったお煎餅もけっこう美味しいので、私はよく使っている。

温まったお出汁はシンプルな白いポットに入れて、どんぶりによそったご飯の上に、ヅケにしたマグロと鯛を盛る。そこへ小ネギ、海苔、お煎餅のアラレ、白ゴマを散らして、準備完了。

「はあ……、気持ち良かった。お風呂ありがとう、志穂」

するとタイミング良く、濡れた頭にタオルを被った楓馬さんがやってくる。

彼はダイニングテーブルにあるお茶漬けを見るなり、「美味しそう！」と目を輝かせた。

「どうぞ。お出汁が冷めないうちに召し上がれ」

「うん。いただきます！」

楓馬さんはさっそくとばかりに席につき、両手を合わせる。

そしてポットを手にとると、黄金色の出汁をトクトクとどんぶりに注いだ。

「ああ……、出汁の良い香りがする……」

彼の唇から感嘆の声が零れる。

（ふふ……）

私は楓馬さんの向かいに座って、彼の食事を見守った。

ふわりと香り立つ湯気をいっぱいに吸って、楓馬さんの顔がほっこりと綻ぶのが嬉しかった。

ついで彼の箸先が、出汁に浸かったご飯の山をほろりと崩す。

そのままご飯を食べるのかと思いきや、熱い汁を受けて半生に火が通ったマグロのヅケを摘まみ、ぱくりと口にした。

「美味しい！」

（よかった！）

マグロのヅケで火が付いたのか、楓馬さんは大きめのどんぶりを掴み、はふはふっ、ずずずっとお茶漬けを掻き込む。

言葉を発したのは最初の「美味しい！」だけで、あとは無言だった。

でも、夢中になって食べる姿が何よりも如実に彼の気持ちを表している。

私の作ったお茶漬けが、楓馬さんの空腹を満たしていく。

そんな彼の姿を見ているだけで、私の心も温かいもので満たされていくような、そんな心地を覚えた。

やがて、米粒一つ残さず完食した楓馬さんが「ごちそうさまでした！」と両手を合わせる。

「おそまつさまでした」

「ありがとう、志穂。やっぱり志穂の作ってくれるお茶漬けは最高だね。生き返った気分だよ」

そんな、大げさな……と思いつつ、彼に褒められたこと、何より、楓馬さんの顔に生気が戻ったことが嬉しかった。

それから私は洗い物をするために再びキッチンに立ち、楓馬さんは洗面所で歯を磨いたのち、リビングのソファに座ってドライヤーを使う。

最初、後片付けは俺が……と申し出てくれたんだけど、大した量ではないし、疲れている彼を少しでも休ませてあげたかったので、断った。それに、髪も早く乾かさないとだし。

（……よし、これで終わり……っと）

食器類を元の場所に戻し、キッチンの灯を落とす。

その足でリビングに向かえば、髪を乾かし終えた楓馬さんがソファのクッションを枕に横たわり、目を瞑(つむ)っていた。

（もしかして、眠っちゃったのかな？）

その場合、私一人では彼を寝室まで運べない。ブランケットを持ってきて、ここで寝てもらう他ないだろう。

そんなことを考えながら楓馬さんの寝顔を覗き込むと、私の気配で起きてしまったのか、ぱちっと彼の目が開いた。

「あ、ごめんなさい。起こしてしまいましたか？」

「ううん、寝てないよ。ちょっとうとうとしていただけだから」

そう言ってむくりと起き上がった楓馬さんは、枕にしていたクッションを横にどけ、自分の隣の座面をぽんぽんと叩く。

ここに座って、ということだろう。

言われた通り腰かけると、何を思ったのか、彼は私の膝に頭を預け、再び横になってしまった。

「ふ、楓馬さん⁉」

「んー。膝枕……して？　志穂」

（し、して……って。もうすでに枕にしてるじゃないですか……！）

しかもそんな、甘えた声でおねだりとか……！

滅多にない彼の姿に、胸がドキドキと騒ぐ。

「……ね、寝心地悪くないですか？」

「ううん、最高。至福」

（さ、最高って……。至福って……）

寝心地が悪くないならいいけれど、そんなに褒められると、それはそれで気恥ずかしい。

一方、ドギマギと落ち着かない心を持て余している私とは対照的に、楓馬さんは私の膝の上ですっかりとくつろいだ表情を見せていた。

（……楓馬さん、やっぱり相当お疲れみたい……）

お疲れモードの時、楓馬さんはちょっぴり甘えん坊になる……というのも、結婚してから知ったことの一つだ。

何がしたいとか、何が食べたいとか、自分の願望をはっきり口に出してくれるし、今みたいに膝枕をねだったり、後ろからぎゅーっと抱きついてきたり、私を膝の上に乗せたり……と、くっつき魔になる。

普段の、穏やかで余裕があって、落ち着いた、大人っぽい雰囲気の彼とは違う、意外な一面。今思えば、婚約者時代の楓馬さんは自分の弱った姿を私に見せないようにしていたんだろう。

でも結婚してからは、そういった面も変に取り繕ったりせず、素の姿を見せてくれるようになった。私に甘え、頼ってくれるようになった。

そのことが、私は嬉しくてならない。

いつも私ばかりが楓馬さんに甘え、頼っているような気がしていたから。

私にも、彼のためにしてあげられることがある。力になれる。

だからちょっぴり気恥ずかしいことも多いけれど、ここぞとばかり、なんでもしてあげたくなる。たっぷり甘やかしてあげたくなる。

（……楓馬さん……）

無防備に身を預け、気持ち良さそうに目を瞑っている彼は常より稚く見え、とても可愛らしい。

私は恐る恐る、楓馬さんの髪に触れた。

ドライヤーで乾かしたばかりの髪はまだほんのり温かく、柔らかい。

淡い茶色の髪からふわりと香るのは、すっかり慣れ親しんだ、彼愛用のシャンプーの香り。

ああ、好きだなぁ……と思った。

楓馬さんの全てが愛おしいと、改めて感じる。

そんな心の赴くまま、私は彼の頭をよしよしと撫でた。

（いつもお仕事お疲れ様です、楓馬さん）

このひと時が、少しでも彼の癒しになればいい。

そう願って、労いの気持ちをたくさん込めて、楓馬さんの頭を撫でる。

まだ眠っているわけではない彼は、時折気持ち良さそうに目元を緩ませ、口元を笑ませ、されるがままだ。

まるで、人懐っこい猫みたい。

（可愛い……）

「……志穂、大好き……」

（楓馬さん……）

「私も大好きですよ、楓馬さん」

「ありがとう。……ねえ、志穂」

「はい、なんですか？」

「俺にキス、して」

甘えん坊モードの楓馬さんが、目を瞑ったままそうおねだりする。

「……いいですよ」

私は身を屈め、彼の額にちゅっとキスを落とした。

「そこじゃない……」

ちょっぴりむくれたような声で、楓馬さんが言う。

ならばと、私は今度、彼の鼻先に口付けた。

「……惜しい」

「ふふっ」

ごめんなさい、楓馬さん。

あなたがあまりに可愛いので、焦らしてしまいました。

正解はここ……ですよね。

三度目の正直で、彼の唇にちゅっとキスをする。

「……ありがとう」

「どういたしまして」

でも……と、楓馬さんは私の頬に手を伸ばす。

「まだまだ、足りない」

今度は彼から口付けられる。

ちゅっと音を立て、唇を合わせるだけのキス。

「あっ……」

かと思えば、楓馬さんはそのまま起き上がり、今度は私を自分の膝の上に乗せた。

「まだまだ、甘え足りない」

そう言って、彼は私の頬にちゅっと口付ける。

「今夜はいっぱいキスをして、それから、志穂を抱き締めて眠りたい」

ねえ、いいでしょう？　と、言葉にしなくても、彼の瞳が訴えてくる。

（楓馬さん……）

もちろん、私に否やはないです。

私は頷く代わりに、彼の唇にちゅっとキスをした。

そうしてこの夜、私達は思う存分、その……お互いを甘やかしたのでした。

恋愛小説「エタニティブックス」の人気作を漫画化！
EC
Eternity COMICS
身代わりの婚約者は恋に啼く。
Migawarino Konyakusya ha koi ni naku.
漫画 秋月綾
原作 なかゆんきなこ
身代わりの婚約者は恋に啼く。
志穂
美穂
嬉しいけど…胸が痛い
楓馬さんを慰めることができるなら——……
んっ
志穂しかほしくない
両親から優秀な双子の姉と比べられて育った志穂。ある日彼女は、姉の政略結婚の相手・楓馬に一目惚れしてしまう。許されない想いを隠し続けてきた志穂だったが、突然、姉が事故死し代わりに楓馬と婚約することに……。
自分は姉の身代わりに過ぎない——…
そんな志穂の想いとは裏腹に、楓馬は本当の恋人のように優しく淫らに志穂を抱いて——？
B6判　定価：本体640円＋税　ISBN 978-4-434-28118-1

恋愛小説「エタニティブックス」の人気作を漫画化!
ひよくれんり
EC
Eternity COMICS
漫画
Remi
原作
なかゆんきなこ
ビク
ビクッ
俺と結婚してください
あなたのことを守らせてください
つっ…
レロ…
三十路を前に結婚への焦りもなく、オタク街道をひた走る腐女子な千鶴。そんな彼女がお見合いをさせられて出会ったのは、イケメン高校教師の正宗さん。二人は出会った瞬間から息がぴったりで、あれよあれよという間にゴールイン！ゆる〜い二人のあま〜い新婚生活をご堪能あれ☆
B6判　定価：640円+税　ISBN 978-4-434-21431-8
ひよくれんり
Remi
なかゆんきなこ
朝から晩まで
エロきゅん新婚ラブ
エタニティCOMICS
ラブラブ尽くし☆

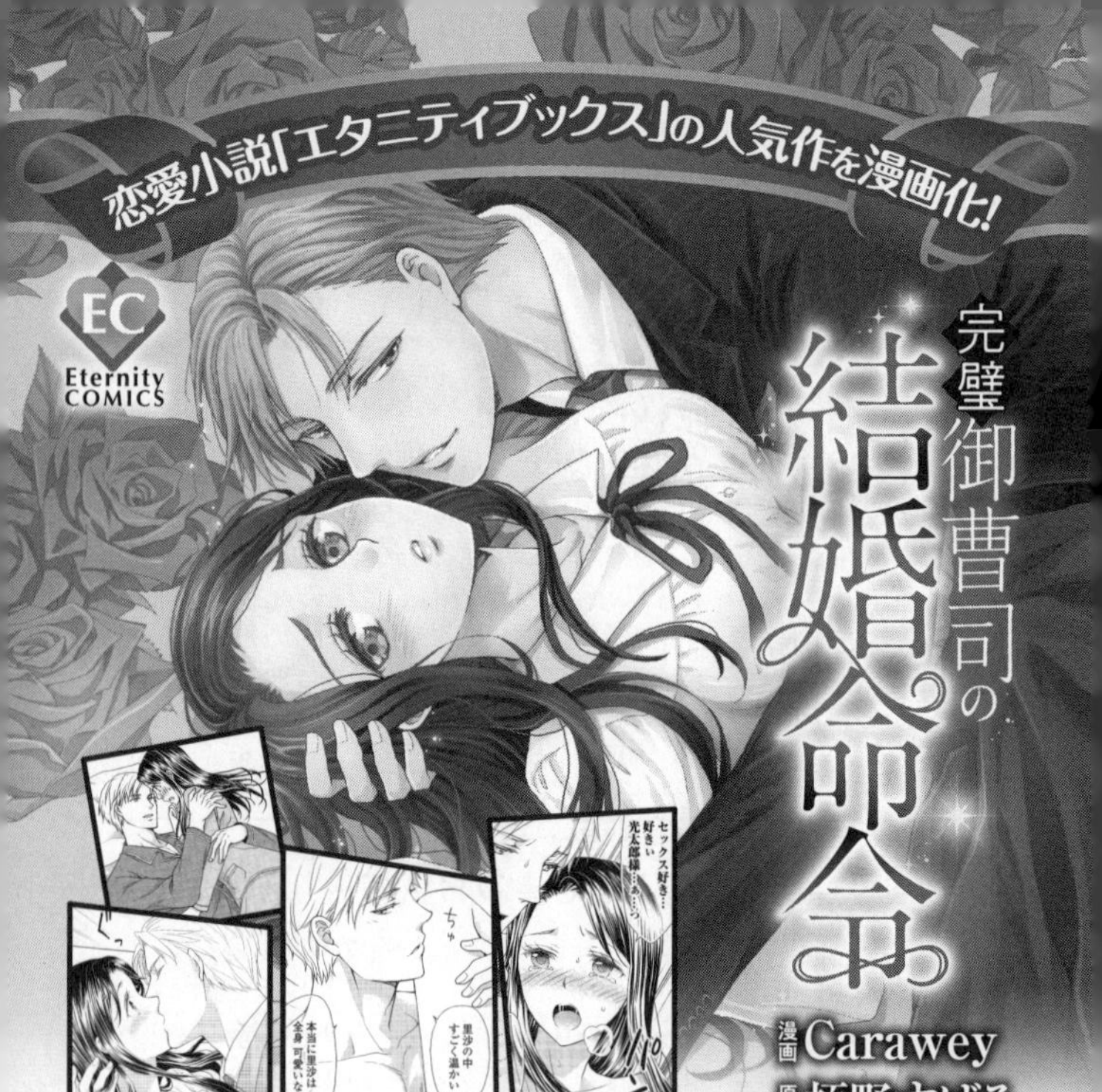

恋愛小説「エタニティブックス」の人気作を漫画化！

EC Eternity COMICS

完璧御曹司の結婚命令

漫画 Carawey
原作 栢野すばる

セックス好き…好きぃ光太郎様…あ…っ

ちゅ

里沙の中すごく温かい

本当に里沙は全身可愛いな

日本屈指の名家“山凪家”の侍従を代々務める家に生まれた里沙は、山凪家の嫡男・光太郎への恋心を隠しながら、日々働いていた。だが二十四歳になった彼女に想定外の話が降ってくる。それは光太郎の縁談よけのため彼の婚約者のフリをするというもので…!?　内心ドキドキの里沙だが、仕事上での婚約者だと、自分を律する。そんな彼女に、光太郎は甘く迫ってきて——

B6判　定価：本体640円＋税　ISBN 978-4-434-27986-7

本書は、2019年1月当社より単行本として刊行されたものに、書き下ろしを加えて文庫化したものです。


この作品に対する皆様のご意見・ご感想をお待ちしております。

おハガキ・お手紙は以下の宛先にお送りください。

【宛先】

〒150-6008 東京都渋谷区恵比寿4-20-3 恵比寿ガーデンプレイスタワー8F
(株) アルファポリス　書籍感想係

メールフォームでのご意見・ご感想は右のＱＲコードから、
あるいは以下のワードで検索をかけてください。

アルファポリス　書籍の感想　検索

ご感想はこちらから

エタニティ文庫

身代わりの婚約者は恋に啼く。

なかゆんきなこ

2020年12月15日初版発行

文庫編集－熊澤菜々子・塙綾子
発行者－梶本雄介
発行所－株式会社アルファポリス
〒150-6008 東京都渋谷区恵比寿4-20-3 恵比寿ガーデンプレイスタワー8F
TEL 03-6277-1601（営業）　03-6277-1602（編集）
URL https://www.alphapolis.co.jp/
発売元－株式会社星雲社（共同出版社・流通責任出版社）
〒112-0005 東京都文京区水道1-3-30
TEL 03-3868-3275
装丁イラスト－夜咲こん
装丁デザイン－ansyyqdesign
印刷－中央精版印刷株式会社

価格はカバーに表示されてあります。

落丁乱丁の場合はアルファポリスまでご連絡ください。

送料は小社負担でお取り替えします。


ISBN978-4-434-28218-8 C0193